少女ダダの日記

ポーランド一少女の戦争体験

ヴァンダ・プシブィルスカ
米川和夫 （訳）

角川新書

序　文

ヴァンダ・プシブィルスカのこの日記は、小さくささやかなものながら、ポーランド文学のとうとい遺産のうちに数え入れられてしかるべき作品である。といって、もちろん、これは純粋な文学作品ではない。恐怖の時代――わが国ばかりでなく、全世界が体験したあの大戦の時代がわれわれにもたらすこととなったあまたの記録の一つなのだ。しかし、生きる意味を知り、犯罪と悪に対する人類のよりよき要素の勝利をめざして戦うという目的をはっきり理解していたおとなたちの手記や思い出が、まだしも、心静かに読むことのできるのにくらべて、このヴァンダの日記のような、子どもたち、少年少女の手になった遺作は、若い生命をかくも無残にふみにじり、おしつぶしたものにたいするはげしい憤激と、わきあがる抗議の気もちなしには、読むことができないのである。

最近、戦争中ナチス占領下に死に追いやられた子どもたちのため、特別な記念碑をたてるという企画がワルシャワで起こっている（編集部注　現在、旧市街の街角で銃を持った少年兵の像を見ることができる）。これはじつに当然な企てで、はっきり意味もわからずに子どもたちの受けたあのような恐ろしい苦痛は、せめてこうした記念碑によってでも、なんとかして特別につぐなわなければならない。あの当時、世界に氾濫（はんらん）した非人間的な残虐きわまる悪のうしおは、子どもたちからその生命を奪ったばかりか、少年時代、少女時代の美しい日々をも奪ったのだ。どの人間にももっとも深いあとをとどめる人生の一時期、平安と幸福にみたされるはずの一時期が、かれらにとっては、痛みと恐れと理解しようもない深い苦悩の時期に変えられてしまっていたわけである。

こうして、世紀のこの小さい英雄たちは、みな苦しみ悩み、おとなたちとともに戦い、かれらの魂と感覚は、悲劇的な抵抗の嵐のなかで、想像を絶する急速な成熟のしかたを示したのだった。

いま日本の読者に紹介されるこの日記の筆者、ヴァンダという一少女もまたその例外ではない。

「日記にしるされた痛みと悩みにみちた心の告白から、ありありと浮かびあがってくるのは、感受性と思考力にとみ、自己を犠牲にできるもっとも高貴な魂をもった少女の肖像である。しかも、それによってわれわれは、間接的に、戦うポーランドの若い世代のまがいない肖像にもふれているわけなのだ。自分というものを理解するまえに、早くもその力の限界をこえる国民的、全人類的な大きな悲劇を身をもって体験しなければならなかった世代——戦い、倒れ、そして、困難な勝利をかちとらなければならなかった世代である」

はじめてこの日記を『ポリティカ』紙上に紹介したマリア・ルトキエヴィチはこういっているが、この小さな善良な少女をふくめた若い世代の当時おかれていた状況が、そのことばのうちに、じつにたしかに正確に規定されていると思う。

小さな善良な少女――そう、しかし、この14歳の少女が示してみせてくれた力は、またなんと大きかったことだろう。女の子らしいその夢想においてまったく典型的な少女、人間と自然によせる愛情によってとびぬけてきわだっている少女、その根本の性格においてこれほどまでに力強い少女、この少女が、うずまく迫害のさなかに、つのりゆく苦悩と憎しみのあいだに、なんと美しい心をひろげてみせてくれたことか。ドイツの負傷兵に惜しまなかった慈悲の心、母のひざにすわる幼児をみてほほえむ占領兵によせた共感同情の念を思うがいい。「われわれに加えられた危害にたいして、はたして友情をもってこたえることはできないものだろうか？」

こうした質問など普通ならけっして予想できないような状況にあって、しかも、それが投げられたということは、少女ヴァンダの成熟した感情とすぐれた性格を語ってあますところがない。

また、ほかのところでは、ヴァンダは、戦争が恐ろしいのは、それが人々のあいだの友情、国民のあいだの親善の気もちをほろぼしてしまうことだといっている。この少女は、自分の家族と国全体がなめさせられた苦難のときにあたって、このような考えを胸にはぐくんでいたのである。平凡なただの子どもではなかったといえよう。

そこで、わたしは思うのだが、この日記は、ただポーランド人ばかりではなく、戦争体験をことにする外国の読者、日本の読者にも感動を与えずにはおかぬだろう。そして、平和の思想をみのらす一つの刺激になるだろう。なぜといって、この本は、恐怖と憎悪をよびさますことを目的とはしていないからだ。恐怖と憎悪にみちた戦時下の事実、そこに生きた一少女の悲しい生涯をいまわれわれがこうして回想するのも、二度とふたたびその種のことをわれわれがくりかえさぬため、人間どうしの友情を、国民間の親善を大きく育ててゆくためにほかならない。それこそ、日記の筆者、少女ヴァンダの祈りだったのである。平和と人間どうしの友愛こそ、いまなおたえずかき乱されつづけているこの世界において、なによりもだいじなことだと、信じない者はないだろう。

ポーランド作家協会会長
ヤロスワフ・イヴァシュキエヴィチ

訳者によるまえがき

数知れぬ人がゆえもなく苦しみ、死んでいったあの大戦が最後の幕を閉じてから早くも20年、戦後もすでに終わって、血なまぐさいその思い出も遠くなった。しかも、そればかりか、現在、日本にびまんしている太平ムードは、ややもすると、はけ口のない倦怠をうみ、非人間的なこの戦争というものを一種の刺激剤、興奮剤ででもあるかのように見、あつかう軽薄で虚無的な風潮さえも、うみかねまじいしまつなのだ。しかし、それでも、自分自身の意志とはかかわりなく、さまざまな美名、口実のもとに、むごたらしく生命をたたれた死者たちは、草に包まれた土のしたから立ちあがり、われわれ生きている者たちを告発することをやめる日はないだろう。その怒りの叫びが、警告の声が、あわただしい生の騒音に消されがちになりながらも、時にふれおりにふれ、われわれの耳にまで届くのだ。その声のうちには、ときに、子どもの声もまじる。オランダの少女アンネ・フランク、ポーランドの農村の、これもユダヤ人であるために罪もなく消された少年ダヴィーデク・ルビノーヴィチの日記など、奇跡的に隠滅をまぬがれ、生き残った人類の手にゆだねられた、いたましいこういう記録のうちにひびく声。それは、いたいけな飾りない率直さで人の胸をうたずにはおかぬだけ、告発と警告のひびきもまた鋭さをます。ここに紹介する一少女の日記も、ほかでもない、こうしたいたましくも貴重な記録の一つなのだ。

日記の筆者はヴァンダ・プシブィルスカ。１９３０年6月、ポーランドはワルシャワ近郊の町ソハチェフの小市民のうちに生まれ、ダダという愛称で呼ばれながら、つつましいけれど、しあわせな幼年時代をすごし、のびのびと元気いっぱい育ってきていながら、わずか14歳で、ワルシャワ蜂起の混乱のうずに巻きこまれ、ドイツ軍の砲弾の破片に傷ついて死んだ少女。つまり、戦争によってその運命をゆがめられてしまった、平凡な一少女の日記がここにあるのだ。

いまわれわれの手に残されているのは、42年から44年、死の数日まえまで、子どもらしい大きな字で、つづりをまちがえまちがえしながら、表紙もいまはとれてなくなってしまっている粗末な雑記帳に、びっしりと書きつづけられていった記録だ。つまり、これは、戦時下に生きた感受性ゆたかな一少女の日々の哀歓のいつわりない記録、日記の筆者ヴァンダ自身のことばをかりれば、「かけがえのない」その「心の友」、それどころか、いや、この女の子のまがいもない無垢(むく)な「心のかけら」にほかならぬものなのだ。

１９３９年に始まった戦争と、ナチスの占領がプシブィルスキ一家の運命にも、いやおうなく、大きな変動を与えずにいなかったのは、もちろんのことだった。開戦当時、この家族は、ワルシャワから西に180キロ離れたピョトルクフ・クヤフスキに住んでいたが、この地域がドイツ領に編入されたため、総督府に属する占領下のワルシャワに強制移住を命じられたほか、それまでにすでに、父親が逮捕されしばらく消息をたつという事件などもあって、かずかずの苦しみ、悲しみをなめさせられている。それでも、この日記の書きはじめられた42年は、筆者の少女にとって、戦時中でももっともおちついた楽しい日々を送った年だった。2年以上まえ一家をあげてワルシャワに移ってきて以来、移住者アパートの一室でみじめな雑居生活をしいられていたという事情もあって（このころのことについては、巻末にそえた作文の思い出を参照されたい）、この年の夏、ワルシャワ郊外の避暑地アニンの知人のもとに、両親はふたりの娘をあずけることにしたのだ。ヴァンダは、ひさしぶりに、占領下の苛酷(かこく)な現実から遠ざかって、自然のふところに包まれ、のびのびとした生活を送ることができた。これは、戦争の現実に圧迫され灰色の少女時代をおくって死んでいったこの日記の筆者にとっては、しあわせな休息の期間だった。

翌43年のはじめ、ヴァンダはアニンからワルシャワにもどり、やがて、地下組織の中学校に通うようになる。また、移住者アパートからシルドミエシチェのアパートに住居が移り、はじめて自分の勉強べやももてるようになった。こうして喜びと希望にみちて、この年の日記は書きはじめられたのだが、しかし、まもなく少女はその筆を折らなければならなかった。というのは、その年の夏のはじめ、プシブィルスキ家に知りあいのユダヤ人の母娘(おやこ)が身を寄せるようになり、ゆすりたかりのごろつきたちまで現われたという、そんな事件があったためだった。

「日記はやはりやめることにした……なぜって、率直に書けないようなことばかり、こんなに、こんなにあるんだもの。それなら、いっそつけないほうがましだ……これほどの心の痛みは、それを書きあらわすすべさえもまるでないのだろう……この思いのかずかずを、行動の一つ一つを、わたしはとうてい述べつくせはしないのだ……」（1943年6月23日）

このまま日記は、翌44年の夏休みにはいるまで中断されるが、この最後の年の日記のページは、少女ヴァンダが犠牲となったあの歴史的なワルシャワ蜂起という大事件に、大部分がさかれていて、全体でももっとも緊迫した部分をなしている。しかも、この年にはいると、戦争による不吉な死の影は、日記の行間にしだいに黒い色を投げかけるようになり、蜂起以後は、それがはっきりした死の予感にまで強まってきているのだ。おそらく8月のある日にノートのはじめに書きこまれたものと思われるが、自分の死ぬようなときには、この日記をヴァンダ・ボブレフスカ、およびハーニャ・ドブロヴォルスカに渡してくれとしるしたとき、少女の心情にはいかなるものがあったか、思いやるだけでもいたましい（ボブレフスカは移住者アパートの仲間で、少女が自分の日記を見せたこともあったほど親しいあいだがらだった。ドブロヴォルスカは、少女が死の年に、休暇で訪れたオトフォックで知りあい、親しくなった女の子）。蜂起のさなかにあっても、ヴァンダは、この日記だけはいつも肌身はなさず持ちあるき、最後の避難のときにも、小さなリュックサックに、数片の乾パンとともに、そのノートをだいじに入れていたという。

こうして、この日記は苛酷な占領下、とりわけ最後のひと月の記事は激しい動乱下に書きつづけられていったものだが、そうかといって、ここにそうした歴史的な事実の詳細正確なままの報告、センセーショナルな未知の事件の記述などを期待してはならない。ここにあるのは、感じやすく、しかもなお、考えることを知っていたひとりの少女の目にうつった戦時下の日常生活の記録と、当時のおとなたちの社会のその気分の反映なのだ。というよりも、そうした環境におかれて、この少女がなにを感じ、なにを思い、なにを決意したかという、一つの人間記録といったほうがもっと当たっているだろう。

まずなによりもここで注意をひかれるのは、14歳で死んだこの少女が、生涯のその最後の3年間のうちに、おどろくほどの成長をしめしていることだ。日記のはじめにまだ目につく子どもらしい文体や、ものの考えかたが、しだいにこまかな観察比較、ものの核心をついた思考によってとってかえられてゆく。つまり、感傷的な少女の世界に、いやおうなく、当時の日常茶飯事だった残酷な戦争と、ナチスの占領の現実が情け容赦もなくふみ入ってきて、この少女にそれが異常な成熟をしいたわけなのだ。

そのほか、この日記を読む者の目をひかずにいないのは、自然を愛し、詩を愛したこのやさしい少女のうちに燃えるじつに激しい愛国心、闘争心にちがいない。からだが弱かったことと、末娘だったこともあって、両親が極力占領下の危険からこの子どもを遮断し、保護しようとしたのにもかかわらず、早くから地下の抵抗運動に大きな関心をよせ、とくに、蜂起中は、直接その渦中に投じることができないでいるのを、身も世もあらぬほどに嘆いている。占領下、ナチス・ドイツに抵抗して倒れた年はもゆかぬ数多くの少年少女たち、当時のポーランドの若い世代の姿をもっともよくこれは語っているものといえよう。

しかも、とくに、この少女のばあい、人の心を動かしてやまないのは、それがただの盲目的な愛国主義、排外主義に終わっていないことだ。少女ヴァンダのうちに、じつにヒューマンな柔軟な精神が、いつも変わりなく、みちみちていたことだ。それは、非人間的なドイツの占領者にたいする日記の筆者の態度のうちに、はっきりと現われている。たとえば、たまたま駅頭で、母親にだかれた子どもにほほえみかけるドイツ兵を見て、この少女は、深い感動を受け、「たぶん、同じような小さい女の子を国に残してきたのだろう……ドイツ人だって人間だ……わたしはこの兵隊があわれでならなかった！　かわいそうでたまらなかった！」（1942年8月10日）という感想をもらす。また、44年、浮き足だった東部戦線から瀕死の重傷を負って汽車で送還されるドイツの軍人たちを目にしては、同情の涙、いや、人間的な怒りの衝動をどうにもおさえることができないでいる。そして、この手にあまるむずかしい問題について反省する——ポーランド人にたいして凌辱のかぎりをつくしてきたドイツ人には、やはり、どうしても復讐しなければならないのだろうかと。そして、考える——「あだにたいして友情ではこたえられないものだろうか？」（44年7月2日）と。そして、しまいに、心のうちに巣くうこの矛盾に自分で解決の与えようがなくなって、おとめらしい涙にくれてしまう。

　しかし、ここではもうこれ以上、くだくだしい解説をつづけるのはやめよう。この日記のうちに、直接、少女ヴァンダの心情を、いたましいその経験をよみとってもらうのにこしたことはないだろう。そして、第二次大戦の数知れぬ犠牲者のひとりとして死んでいったこの少女、平和と明るいあすの生活を最後のときまで望み夢みながら、はかなく世を去ったこの少女の悲しい死が、せめてもの捨て石として、生き残ったわれわれのため、反省と教訓のかてとなることを、ひたすらに望むばかりだ。

1965年3月20日　　ワルシャワで　　訳　者

目次

一度は、だれしも、たおらねばならぬ
アルプスの高根のシュロのその花――
この世の労苦のすべてに、絶えず、
石のよう、黙ってたえてゆくために！

おおしさのかちとるこの奇跡こそ
人のなま身をくろがねのよろいによろう。
鉄とひとたび生涯にきたえられれば
人はたゆみも折れもしない――ついに死ぬまで！

カジミエシュ・テトマイエル(1)

万一わたしが死ぬようなときには、この日記はヴァンダ・ボブレフスカに渡してほしい。

1944年

ダダ

両大戦間期のポーランド

現在のポーランド

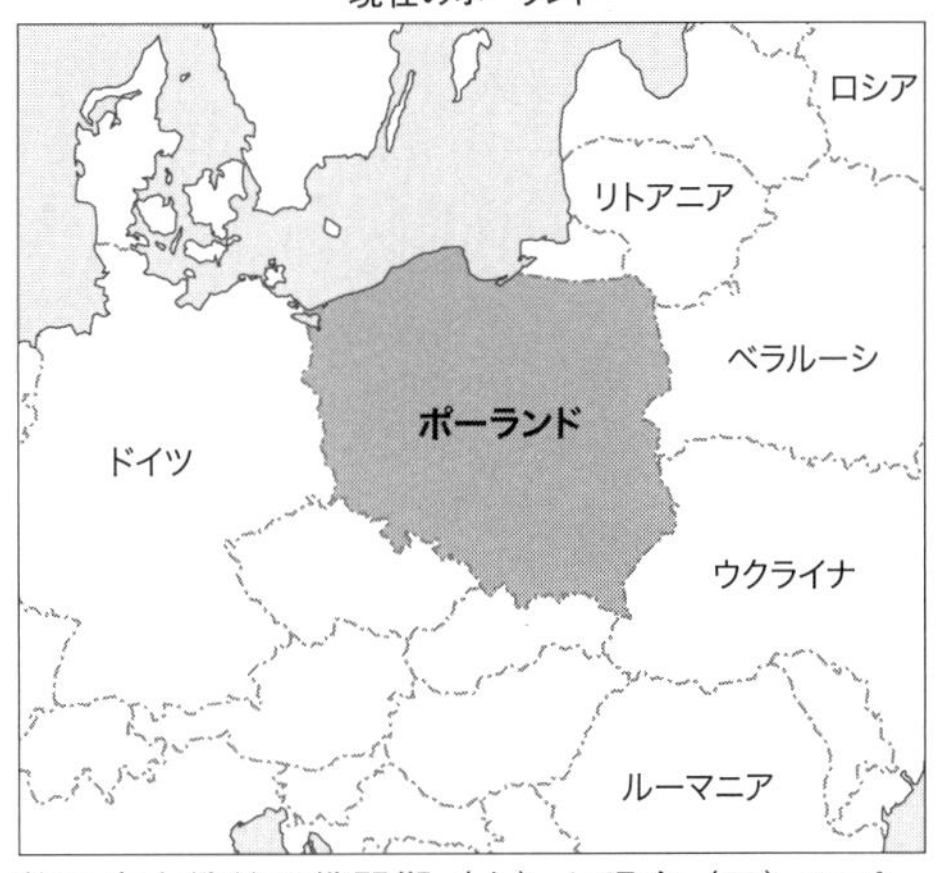

第二次大戦前の戦間期（上）と現在（下）のポーランド。大戦により、領土が西に移動した

イラスト　石川ともこ
図版作成　小林美和子
ＤＴＰ　オノ・エーワン

1942年

アニンで(2)

日記をつけだすことに……

日記をつけだすことにした。けれど、なぜ、なんのためにそうするのか、書こうとするのか、こうしてつけだすきわに、よっく考えてみただろうか？　なんだってまた、日記をつけはじめる気になったんだろう？

ほんとうのとこ、この問いにならなら、答えは山ほどある。なによりもまず、お友だちがほしいのだ。その人にならなら、なにもかも、つつまず話せる友だち……そんなお友だち……心の底からゆるしあえる友だちが……それから、こうも思ったのだ、なにかしらわたしのもの、だれのでもないこのわたしだけのものが、やっとこさ、持てるようになるんだと。わたししか自由にできないもの……

ひとつにはまた、お友だちのだれかれが日記をつけているので、それが、ほんのちょっとだけど、そんな気をわたしにおこさせることになったのかもしれない。いや、まだある、もう一つ。ほかでもない。それはものを書くのが好きだからだ。それに、こうして自分で書いたものを読んでみるのも。そんなとき、ときには、自分がなにかを書いたということで、ちょっと誇らしい気にもなる。ああ、自分の手で本や詩が書けたら……そうしたら、まったく、どんなにしあわせな気もちがするだろう。しかし、いまのところは、日記をつづるということだけで、うきうきと心がはずむ。

夏休みをこのアニンにやってきて、もう1週間。ダンカ（同じタムカ[3]のうちに住んでいる女の子）がいっしょにわたしたちと来ている。

アニンは郊外の避暑地で、とっても美しい所だ。ゆくさきざきに、金の砂、ざわめく林。

■7月7日　きょうはみんなで林へ散歩に行った。細いほそい小道づたいに歩いてゆく。あのときとまるでおんなじ。こんもりと茂った木のいただきがわたしたちの頭のうえにおおいかぶさるようにして、ふかぶかと緑のとばりをたらしている。ほんとに、すごくすごく神秘的……いつだったかも、こうしていまと同じような小道をお友だちとみんなで歩いたものだが、そのときもすてきだった。あたりのようすはいまよりももっともっと神秘めいていた。

夢ということについて、みんなで話しはじめた。ダンカは夢をみることは必要だという。ボプジャ（あね）は、夢などみれば、あじわうのはよけいな幻滅ばかりだから、といった。わたしの意見はこうだった。夢はみなければならない。「なにか」が思いどおりにならないとしたら、夢のうち、夢のうちだけなりと、せめて、その望みがかなうといい。

夢みること、夢みること――夢みることのできる者はさいわいだ。

（8枚脱落）

……ダンカ、松の木のさわぐ音を聞いたことがあって？　いったいそのときなにを思ったこと？　わたしたちのこの祖国のことを考えたことがあって？　あのどしゃぶりの日のことは覚えているかしら？　空はどんよりたれたはがね色の雲におおわれ、木々はあんなに恐ろしげに、うつろなひびきをたてて歌ってたでしょう。なにをそのとき思ったこと？　わたしのそのときの思いったら、その恐ろしさったら、なかったわ。外へ出て、あの松の歌を聞いたとき、背すじをぞうっとふるえがはしったの。なんともいえない恐ろしい気もち。

そのとき、戦争のようすをなにもかもすっかりこの目で、それこそ、まざまざと見たんです。見たんです、わたしたちの祖国のために戦っている兵士たちを。川なす血を。貧しさと飢えとを。寒さにこごえて死んでゆく人たちを。そして、耳にしたのはうめき声、泣き声。いったいなにをあんたは思ったこと、あの、あのさびしい日に？……　　ダダ

（1枚脱落）

……かけてくる、かけてくる、まっすぐわたしのほうに。こんなに大きなかたまり。まるではがねのように見える。けれど、もう風がその雲をどこかわきのほうに追いやってしまった。屋根から雨のしずくがつぎつぎに規則ただしく間(ま)をおいて落ちている。一つ落ちると、またつぎが、まるで人の涙のように、ゆっくりとあふれこぼれて落ちてゆき、そして、壁ぞいの水たまりを流れてゆく。

恐ろしいほどさびしい夕べ

■7月22日　水曜　この詩がおそろしく気にいった。

なんのため、だれのため!

なんのため、だれのため、この涙――ここ、
荒れ地のただなかに流れる涙。
道さえほかにないかのよう、にじみでる、にじみでる、

ただ胸からまぶたに……

聞きつける者とてはない……しかし、そこ、
かなしみの毒のむしばむ胸のそこでは、
むなしくも知る——ひとしずくずつしぼる、しぼる
涙のその数までも……

ほんとうにこの詩がとってもとっても気にいった。もちろんこれはヴェジンスキ(4)の詩。1918年、オーストリアでとらわれの身となっていたとき、書かれたものだ。

■7月23日　木曜　夏の夕べ。いったいこんなけしきを夏の夕べといっていいものかしら。いいえ、いいえ、わたしならもっと違ったよびかたをする——わびしい夏の夕べ、さもなければ、うら悲しい日没と。なぜってそれは……そう。大地は灰色でくらく、ほんとうに恐ろしいほどさびしい。そして、そこに松の木やらなにやらはえている。松はくろぐろと立っている。むこうのほうには、また、それこそ十字架にそっくりの松の木立ち……すこし傾いて……いや、これはほんとうの十字架かもしれない。反対の方角にも木立ちが見えるが、なにか奇妙

に折れまがっている。そして、すべてのもののむこうに赤々ともえながら沈んでゆく夕日。まるで世界がすっかり血のなかにひたっているようだ。

それに、なにしろいまは戦争なんだもの。そう、ほんとうに世界は、世界は血まみれなんだ。血がふき、流れ、血が――血がいたるところでこぼされている。だから、「血みどろの日没」とでも、この風景には題をつけるといいかもしれない。

■7月25日　土曜

お日さまがやっとここ数日ぶりで顔を出した。だれもかれもがはれやかなうれしそうな顔をしている。そう、わたしたちは太陽がなければいられないのだ。「太陽を愛そう」。空の日を愛そう。なぜって、太陽はこんなに大きな喜びをわたしたちに与えてくれるからだ。

■7月26日　日曜

きょうは、床についてからもまだ長いこと、窓のむこうに一つ出ている星をながめていた。その星をながめながら、これをわたしの星――わたしのしるし、ちょうど自分の紋章かなんぞのようなものにしようと考えた。

それから、この星の生涯――こうして空に輝きはじめてから、ちょうどいまこのわたしのもの――わたしのしるしになったときまでのことを、あれこれと想像してみた。

こんなふうにしてこの星のことをいろいろ考えていたのだが、そのうち、わたしは思わずアッと叫び声をあげて、いきなりベッドからはね起きた。

「どうしたの？」ダンカとボプジャのびっくりしてたずねる声が聞こえたが、すぐにはなにひとつ答えることができなかった。

ついいまさっき星が一つ落ちて、尾をひいて飛んだのだ。けれど、考えてみれば、まったくのはなし、べつになにもたいしたことが起こったわけではなかった。この星……こんなような星は一年のうちにそれこそ何千何百となく落ちて流れる。そう、しかし……

しかし、この流れ星は違っていた。わたしにはほかのどの星とも違っていたように思われる。そうなんだ。——ほんとうのところ、あの星とわたしがむすんだ契約に署名する役をはたしにこようとして、飛んだのにちがいない！　わざわざ飛んだのにちがいない！

昼ご飯をたべてから、みんなで散歩にでかけた。わたしたちの行くそばを麦の畑がいっせいに波だちゆれる。と思うとまた、この波うつ海のあいだから、まるで緑のふちかざりのような畑のくろがひょっと顔を出したり、刈り入れのすんで藁塚（わらづか）ばかりならんでいるがらんとしたあき畑がふいに現われたりする。あとはただいちめん、ツメクサのベニのこぼれちらばっている野原、野原。そして、やっとヴィスワの川岸まで出た。わたしはすっかりくたびれていた。

岸べの草に身をなげて、じっと耳をすました……耳をかたむけた――波のささやきに。波はゆっくりと静かに流れていた。ほど遠からぬ草むらで牛がなんびきか草をはんでいる。むこうの砂州（さす）には小舟が一そうもやっていた。ゆっくりとワルシャワのほうに目をむけると、日暮れのバラ色のもやのうちに、手にとるように町のようすが見てとれる。ならびつらなる建物という建物をしりめにかけて、例の高層ビル[5]がただ一つ雲をぬいて誇らしげにそびえていた。

うちへ帰ったとき、夕立が降りはじめた。すんでのところで、雨にぬれしょぼれるところだった。そのあと空に、それはきれいなバラ色とみどりの虹（にじ）がたった。

床についてから寝つくまぎわに、わたしはあの自分の星をながめながら、なん人の人がいまちょうどこの星を見ていることかと、考えた。そんな人はとってもありそうもないような気がした。ただわたしだけ、わたしひとりがこの星を見ているのにちがいない。

十五夜の月と星

7月27日　月曜

なんてことだ――ダンカはまだ8月いっぱいいるだろうとパパがいっ

たので、あんなに喜んだのはほんのきのうのことだっていうのに！　わたしがこんなに喜んでいるのに、彼女、彼女ときたら、どうだろう！　このわたしといっしょにいるのが気にくわないのだ。わたしといっしょにいるとうんざりしてきて、そのあとで息ぬきが必要になるらしいのだ。というのは、こういうわけだ。きのうボプジャがダンカといっしょにミエンジレシェに行くといった。わたしはいっしょに行くつもりなどこれっぽかりもなかったのだけれど、そういったらなんてふたりが答えるかと思って、きいてみると、ダンカが頭ごなしにこうどなったのだ。

「いつもいつもベタベタひっついてばかりいて、息ぬきひとつさせない気なの！」

そうだったんだ。姉やダンカにはわたしがじゃまだったんだ。ふたりだけで自由にしたかったんだ。

ほんとに知らなかった。これからは気をつけなくちゃ。

十五夜の月があんまりきれいなので、みんなでベランダに出た。赤い色をしていて、すてきだ！　なにか考えてみようとするが、だめだった！　なぜかしら？　月のことをなにか考えようとした。横になってからは、長いこと、あの星をながめていた。窓はあけはなしたまま。雨あがりの空気がさわやかで、静かな夜だった。

■7月29日　水曜　きのうはみんな早くから床についた。寝ながら本を読むことにしたのだ。

けれど、そんなことはどうでもいい。そんなことより、ダンカ――ダンカがまるで人が変わったみたい！　どんなって？　とにかく、きのうおとついとはぜんぜん違う。親切でやさしくて感じがいい。けっきょく、お天気屋だというだけのことね。それだけのこと！

これ以上あれこれともうダンカのことは書くまい。

■7月30日　木曜　ゆうべ、わたしたちが床についたとき、ダンカが歌をうたいだした。「エゾギク」の歌をそれはみごとにうたった。わたしは星をながめていた。ダンカがうたう――「星が落ち庭にながれて、そこに咲く白いエゾギク」

ほんとうだったかどうか、それはわからなかったが、けれど、ダンカがうたいながらなんだか泣いているような気がした。その歌を聞きながら、わたしもなんとなく泣きたくなった。

まったくのはなし、この日記はぜったいにだれにも読まれたくないものだ。こんなものだれもわざわざ読んだりする者はないかもしれないが、しかし、わかったものではない。ひょっとすると……！　ええっ、ばからしい考えばっかり頭にうかんでくる。それより、いったいなにに日記を書きつづけよう？　なぜって、もうこの帳面が終わりそうなんだもの。ダンカと賭けをして日記帳のようなものをもらう約束をしたけれど、それはやっぱりうけとらないでおくことにしたし……

きょうはひどいお天気だ。わたしは詩を書くことにした。ダンカもやはり詩を書きだした。わたしのはこうだ。

雨だれがしたたり、したたり、
ポトンとはねる水たまり。
みんなでそれを見ている
雨ふりの日のつまらなさ。
だれかさんはしずみこみ、
だれかさんははしゃぎだす。

きょうはこの日記にページをうってみた。百ページめには、なにがしるされることになるのかと思うと、自分でも楽しみだ。たぶん、なにかつまらないばからしいことなんだろうけど……

ユダヤ人をのせた汽車が……

■**8月1日　土曜**　きょうはもうお天気がすっかりよくなった。もっとも、思いだしたように、雨はぱらついたけれども……それにしても、なにか奇妙な日だ。ときどき遠くで爆発の音がするかと思うと、また機関銃の射撃のひびきが聞こえてくる。おまけに、また、ユダヤ人をのせた汽車が幾本もここを通ってゆく(6)。駅のそばでは敷き藁(わら)の袋が山とつまれて燃えている。ダンカはワルシャワにたっていった。わたしはというと、すっかり詩作熱にとりつかれてしまったらしい。きょうは「秋(7)」という題の詩を書いた——まだその季節には早すぎるんだけど。秋になったらすこし筆を加えよう。そのほかまだ「哀愁(7)」という詩も書いた。

■**8月2日　日曜**　いまベランダにすわってこれを書いている。まだ朝だというのに、日がじりじりと照りつける。小鳥がなんともいえずかわいらしい声でさえずっている。けれど、遠くでときどき機関銃と、それに、なにやら爆発の音がおこる。きっと演習だろう(8)。ゆうべ例の星を見ながら、こんな詩を作った。

お星さま

お星さま、遠くの空から、みず色の
その高みから、静かにまたたくお星さま。
なにがまだ、まだなにがおいりなの？

あなたをこうして見る数が、
愛するおもいが不足なの、
喜びかたがたりないの？

知っていて？　どんなにあなたがたいせつか、
あなたがどんなに大好きか……
あなたのことを見失う日はありません。

空が晴れても、くもっても、

床につくたび、いつもいつも、
あなたへそっと送るキス。

空を仰ぐと、太陽が木立ちのひまからこっちをのぞきこんでいた。けれど、そう、もう書きつづける暇がない。みんなでヴィシニョヴァ・グラに行くことになっている。ママはワルシャワにたった。

8月4日　火曜　きょうは木のうえにのぼって、そこにすわったまま、長いこと時をすごした。すごく愉快で快適だった。こんな詩を作った。――ヤレヤレ、マアア、なんてことだろう！　机のうえはインクの海!!　いまいましいったら！　インクつぼをひっくりかえしてしまったの……でも、それはともかく、さっきのその詩というのは――

うれしいうれしい、とてつもなく……
なぜ？　わからない。なぜって、そう、
なにひとつたいしたことなどなかったんだもの。

でも、でも、やっぱりうれしくて、そこらじゅう
あたりかまわずとびはねたい。いや、
それどころか、恐ろしいすごい速さで飛んでみたい。

風がわたしをひとつかみ、みず色の
あの空のうえまでさらってったら、
すてきだろうなあ。もうそしたら、
わたしにはなにも、なんにもいらないんだが。

■8月5日　いつだったかダンカがこんなことをいった。自分の歩いてきた道をふりかえってみるのは楽しいと……ほんとうかしら？　いや、それも歩いてきたその道によりけりだろう。どの道もというわけでは絶対ない。

わたしはいまベランダにすわっている。わたしの目のまえに見えるのは、テーブルの花びんの花、ナナカマドのまっかな実、それに松の木。松の木からは松やにの強いにおいが風にのって流れてくる。遠くのほうには金色の砂。そのむこうには林。そして、ひっそりと暗く

静まりかえっているその林のうえに、くもった空が見える。あのときと同じだ。同じ砂、暗い森、くもった空。ただ……いや、いや、違う。なにからなにまで同じというわけではない。そうではない。——ああ、ほんとうにどうだというのだろう、なにもかも。わたしもときどき長いこと、長いこと考える——あとにしてきた道のことを。でも、そうかといって、べつにたいしたことを考えるわけではない。しかし、なににせよ起こったかと思うと過ぎさって、やがては、わたしの記憶から消えていってしまうのだ。やってきたときと同じように、いやおうなく去ってゆくのだ。そう考えると、いやになる。わたしは忘れてなどしまいたくない！　いやだ、いやだ！　けれど、なぜこんなことをひっきりなしにわたしは考えるんだろう？　きょうも朝おきて、しばらくのま朝日をながめたとき、やはりこのことを考えた。太陽もまたのぼっては沈む。ただ太陽は目に見えないときにも存在していて、しばらくすればまた顔を出すわけだけれど、それがどうだというのだ！　ぜんぜん同じこと。「太陽」が沈まないでいれば、いちばんいいんだ。いつもあれば！　いつも！　しかし、そうはなりっこないんだ。つまらない！

いつだったか、ヨンカがわたしにこんなことをいったのをまだ覚えている。いいにせよ、悪いにせよ、この世の中はこうなんだ、これからさきもこうだろうと……わたしはそのとき、もしそれが悪いと思うなら、もっとよくなるように努力しなければならないと、ヨンカに答えたものだった。もしもわたしたちがほんとうにみんなでそういう努力をはじめたとしたならば……こんなことを万一ダンカが読んだなら、きっと、ダダは偉大な女哲学者になろうとしているなどといって、ひやかすにちがいない。とんでもない。わたしは哲学者になろうなどとは思ってもいない。ただ自分の考えていることをこうして書いてみたいだけだ。

きょうはわたしは一日じゅうふさぎの虫にとりつかれていて、なんともばかげたぎこちない顔をして暮らしてしまったが、どうやらやっと気分がもとにもどった。まったくきょうはどうしたわけかだれもかれもがわざとらしく、不自然にとりつくろったようすをしていたような気がする。

幸福って、いったい?

■**8月6日　木曜**　幸福などということについて、ほんとうは、いままでまるで考えてみたこともない。もちろん、幸福ということは、まえにもだれかれがわたしに語らなかったわけではないけれども、そのときはただ無関心に聞きながしていただけだった。幸福、このことばはそれこそどうにでも理解できる。幸福はだれにとっても同じものなどではない。お金があれば幸福だという者もあるだろうし、また、自分が美しいということで幸福に感じている者もあるだろう。しかし、わたしはこういったものはすべて幸福ではないと考える。幸福とはなにかもっと別なものだ。ほんとうの幸福とはなにかもっと大きなもの、美しいもの、いずれにせよ、もっとありがたいものだ。わたし自身が幸福かどうかということも、やはり考えたことがない。わたしはいったい幸福かしら？　これにもどうもうまく答えることができない。もっと幸福になりたいとはもちろん思う。しかし、祖国を失っていて、どのポーランド人に幸福があろう？　もっとも、幸福な者もいるのだろう。ああ、そういう連中も、じつのところ、たくさんいる！　しかし、その人たちはほんとうに幸福だろうか！　いや、幸福であるはずがない！　いや、いや、そんなものはほんとうの幸福ではない！　そんなものは幸福のない幸福だ！　なぜなら、そんな幸福はいとわしいけがらわしい幸福で、じつは、不幸にほかならないからだ。まったくのはなし、いまここ、わたしたちのところでは、不幸なめにあっている人たちだけが幸福なのだ。なぜなら、幸福とはけがれのない心だからだ。けれど、そういう美しい心はなんとまあ少ないことだろう。ほんとうに‼

　それにしても、なんてくだくだとまた書きたててしまったことかしら。きょうもやはりうっとうしいお天気。いますわって見ていると、こんなに大きな雲がしだいに空をおおってゆく。きれい……だが、じっさいのところ、なにがまたきれいだというんだろう。つきつめてみれば、そんなものなどなにもありはしない！　ただの蒸気に水。というものの、やっぱりきれいなことはきれいだ。こんなに軽やかでふわふわしていて……ところが、またこんな雲もある――大きくてずっしりと重たげで、はがね色をした……そうなんだ!!　雲っていうのはもうこういうふうにできてるんだから、どうにもしかたがない！　それっきりのこと！　もうなにも書きたくない。

いつまで見ていても、見ていても、見あきない。大きなこのまっかに燃えさかる火の玉。あかあかとそこから血のような光が射だされる。すばらしい！　すばらしい！　いつまでも、いつまでもここでこの夕日をながめていたいほど。こうしていま日没のこのけしきをじっとながめているうちに、思わずふっと口をついてでてきた歌が、なんと、「火のこにまじり、血けむりにぬれ[9]……」というあの歌だった。

■8月7日　金曜　ここのところ、毎日、いつもいつも夕日をながめる。まえには太陽や星などながめたりすることはまるでなかった。けれど、こうしてわたしたちをとり巻いている自然をながめるのは、ほんとうに楽しいことだ。もしもわたしが自分のまわりのさまざまなものに驚くことを学ばなかったとしたら、考えること、見ること、愛することを学ばなかったとしたら、この夏休みはわたしにとってこんな楽しいものにはならなかったろう……こうしたことをわたしに教えてくれたのは、ほかでもない、ダンカだ。

美しいものはすべてはかなく

■8月8日　きょうは「シャボン玉」をとばして遊んだ。それはそれはきれい！　七色にきらきら光るかと思うと、また、まるでガラス細工のように白くすきとおったり、真珠の色にくもったり……それこそじつに千変万化(せんぺんばんか)……なんともいいようがないほどだ！　ときにはこんなに大きいのがあるかと思うと、小さい小さいのもあって、形もとりどり。そのどれもこれもがじつに美しくやさしく、みんなふわふわと上にあがってゆくが、やがて、下へ下へと落ちていって……それから……それから……こんなに、こんなにきれいなのに、それがまたはかなく消える。

美しいものはすべてはかなく、たちまち滅びる。なぜ、なぜだろう？

みにくいものはこんなに早くは滅びずに残るというのに……

たとえ……いや、美しくて滅びないものだってないことはない。というのは、すぐには滅びない、なくならないということだが……また、反対に、みにくいいやなもので、すぐになくなるものだってある。

つまり、結局のところ、なにをわたしはいいたいんだろう？　なにがどうしたというんだろう？　そう、わたしはなぜかということが知りたいのだ。なぜこうかというそのことが。

なぜこうで、そうじゃないのか？――ほんとうに子どもっぽい愚かしい質問だけど、まったく、なぜなんだろうか？　ときどき議論がひどくしたくなるのだが、しかし、正直なところ、なにを議論したらいいのか、自分でもわからないようなありさま。議論しだすのはいいが、しまつがつけられなくなるさわぎだ。しかし、まあ、さきをつづけよう！

シャボン玉をとばすのが好きだ。なぜって、みんな上へ上へと飛んでゆくから。そこには……そのうえには月がある、星がある、太陽がある――わたしの大好きな月や星や太陽が。

ひょっと、ひょっとするとまだそこ、その空にわたしのシャボン玉がふわふわ飛んでいるかもしれない！――そう、ほんとうに空に浮かんで、わたしのほうをながめているのかもしれない。もしやっぱりこわれて消えているとしても、まだその影が……影が残っているはずだ。ばかばかしいとは思うけど……けど、それでも、信じられそうな気のする話……いや、いや、こんなこととってても信じられるわけはないじゃない。とすると、ただ――

■8月9日　日曜

水にはいってバチャバチャやったり、泳いだり、べったり砂のうえに寝そべったり、流れる水をながめたりするのは、じっさい、なんともいえず快適なものだ。とりわけ、水のおもてをじっと見つめているのがわたしは好きだ。毎日毎日、一日じゅうながめていてもいいくらい。また、バシャバシャ水をはねかして、水のしぶきがそこらいちめんちらばるようすを見るのも楽しい。しぶきはせいいっぱい上にはねあがり、そして、落ちてゆく……落ちて……なぜ落ちるのだろう？……これもやっぱり美しいから……

いや、いけない。こんなふうにばかり考えてはいけないんだわ。

それから、水あびの帰り道には、電車の窓ぎわに席をとると、頭をつきだして外をのぞいていたのだが、風がヒューヒュー顔をうって、とってもとっても気もちがよかった。駅ごとに、つんできた花をホームに投げた。

わたしはワルシャワのほうをながめるのが好きだ。きょうも、きょうもワルシャワのことを思っていた。そのほか、まだいろいろと……だが、もう暗くて書くことができない。星が出ているかどうか、ひとつ見にゆこう！

ああ、それにしても、ダダ、あんたはなんていうおばかさんなの！　ネ、ちっちゃなおかしな子！　あんたは、そう、自尊心の強いちっぽけなけもの!!　傲慢（ごうまん）なおばかさん!!　ほんとうにばかな子ったら！……

けれど、ダダ、わたしはやっぱりあんたが好き、いつも、いつも。
いや、いや、いつもというわけには、そうなのね、やはりいかないいんだわ!!……

このドイツ兵だって人間だもの……

■8月10日　月曜　きのう駅で電車を待ちながらすわっていたときのことだったが（わたしたちはシフィーデルに行ったのだ）、そこへちょうどドイツの兵隊がふたり来あわせて、たまたま母親のひざにだかれてすわっていたかわいい女の子を目にすると、いかにも愛情のこもったまなざしで、しげしげとこの女の子のほうをながめはじめた。この兵隊たち……なかでも、そのうちのひとりは、たぶん、同じような小さい女の子を国に残してきたのだろう。この兵隊は自分の小さな娘が恋しかったにちがいない。だって、このドイツ人だって人間だもの!!
そして、しきりとこの小さな女の子にほほえんでみせていたが、心なしか、その目は涙にうるんでいた。

わたしはこの兵隊があわれでならなかった！　かわいそうでたまらなかった！

いまベランダにすわって、これを書いている。朝早く起きだしたので、日はまだ低く、空気はさわやかだ。聞こえるのは、鳥のさえずり、松のざわめき。

こうしたものにも、もうやがて、いまみたいに触れるおりはなくなってしまうのだ。なにしろ、まもなく夏休みが終わる。しかし、早くもう終わってくれたほうがいいとも思ったりする。ヴァンダと会いたくてしかたがないからだ。話したいことが、つもりつもって、山ほどあるのだ。

どういうわけかは知らないが、わたしはいつも晩、からだを洗ったあとか、さもなければ、朝、それも朝早く起きぬけに日記を書くのが、どうもいちばんぐあいがいい。とにかく、日記帳がしだいに黒くうずめられてゆくのが楽しみだ。もっと早くページがへってゆけばいいと思う。一つ一つことばが書きつけられてゆき、ふえてゆくことからして、もううれしい。しかし、まったくのところ、なんのためにわたしは日記をつけているのかしら？　こんなにして、（だれかしらのことばをかりれば）紙をむだになくしたりして、それがどうなるっていうんだろう？　だれもわたしの書くこんなつまらぬものなど読む者はないというのに、こんなものを書いて、なにになるとでもいうのだろう？

まったく、なんにもなりはしないかもしれないけれど、しかし、それでも？……

つまり、わたしの日記はわたしなんだ。ちょうどそれはわたしの心のかけらのようなものだ。わたしは――わたしはだれにもこのかけらのうちに秘められているものを読みとってもらいたいと思わない。たとえそれがもっとも身近な人だったとしても。いちばん親しい友だちにしても！　そんな友だちにならなにも隠したりすることはないはずだが、これだけはいっておく！　こればかりはただわたしだけのものだ！　そう、わたしひとりのもの！　それだからこそ、もっともっとたくさん書いておきたいのだ。わたしの日記がうんとうんと分厚くなり、やがては、わたしのためになつかしい思い出をたくさんたくさん届けられるまで、大きなものとなるように！

■8月14日　金曜　なんて時のたつのが早いこと！　あと17日で、また学校――夏休みは終わりだ！

なにしろもう秋なんだもの。木のまにはぼつぼつ黄色い葉がまじりだした。

■8月15日　土曜　もしだれか――わたしのことをよく知っているだれかがこの日記を読んだとしたら、わたしが率直でないというだろう。わたしもそれはもっともだと思う。

なぜって、そう……なにもかも隠さずにありのままにわたしは書いているだろうか？　そういうたてまえにはなっている！　けれど……けれど、いまになってみると、わたしは自分でも自分が率直でなかった場所のあるのがわかる。いずれにしても、やはり、なにもかもそっくりありのままには書きたくないらしい。なぜって、なにからなにまでことこまかに書きつけられないようなこともあるからだ。

なんて静かなんだろう。みんなもう眠ってしまった。きょうはもうこれでやめておくことにする。おやすみ！

■8月16日　日曜　この日曜日はもう終わってしまった！　1日だけまたよけいに日がたったわけだ。1日分だけもうわたしは年をとったのだ。こうしてこの日曜が過ぎ、1週間たつと、またつぎの日曜が過ぎ、そして、またそのつぎのが過ぎる……それでいて、わたしたちは自分では……自分ではまるでわからないのだ――この日曜がわたしの生涯の最後の日曜かどうか、これが最後の1時間、最後の1分間かどうかということは。こんなような日曜がこれからさきも幾度となくくりかえされることがあるかしら？　いや、きょうのこうした日曜はもうくることはないだろう。なぜって、この日曜は過ぎさって、けっして帰ってはこないのだから、けっして！　しかし、もっともっと楽しい、さもなければ、もっと楽しくない日曜日は、きっと、まだまだたくさんくるだろう！　だから、こうして過ぎさる日々をわたしは、忘れてしまわないように、日記に書きつけているのだ。

（5枚脱落）

ユダヤ人だという、ただそれだけのために

■8月20日　木曜　みんなでシフィーデルに泳ぎにゆくことになっている！

ああ、なんて恐ろしいことがこの世には起きるものだろう[10]！

とても筆にすることもできないくらい！

いまだに目のまえにたえず浮かんでくる姿——身動きもせずあおむけに横たわっていたそのようす。

やけつく太陽にさらされてすわったまま、じっと動かない人のかたまり。そして、死体、死体、死体!! 聞こえてくるのは、うめき声に泣き声！ いや、それどころか、それをまたあざけるように笑う顔まで目にはいる！ なんのため、いったいほんとうになんのためだろう？ ああ！ こんな恐ろしいことがあるだろうか！ こんなひどいことがあるだろうか！

子どもを胸にだきしめて、肩のかげに隠すようにしてかばっている母親もある。しかし、

そんなことがなにになるのだろう！　五十歩百歩。おそかれ早かれいずれは……いや、こんなことはいうまい。いうことはない。恐ろしい、ただもう恐ろしいことだ！

なんのため、なんのためにこの人たちはこんなめにあわなければならないのだろう？　こういう民族で、ああいう民族ではないという、ただそれだけ、それだけのためなのだ。ユダヤ人であって、ほかの民族ではないという、そのためなのだ。ただそれだけ、それだけのために、こんなにも苦しめられていいものだろうか？　こんな野蛮なことがあってもいいものだろうか！


いま、いまわたしはベランダにすわっている。はげしい射撃の音、規則正しい機関銃の発射音が聞こえる。きっとあの人たち、あの人たちだ!!

このような音が一つ聞こえるたびに、ひとりたおれる！

きょうはあの人たち――あすはわたしたちの身の上!!

なにもかもがわたしにとってきょうは死んだもののようだ。

なにひとつわたしを慰めてはくれない!!

鳥のさえずりさえわたしには泣いている声のように聞こえる。星も見る気がしない。

遠くでますますはげしく機関銃の音がする。なにもかもが死んでいる！　死んでいる！

なにしろ、いまはわたしたちのものといえるものはなにもない。こがねのこの麦の畑も、林も、また、遠く遠く流れてゆく川も、なにもかもがわたしたちのものではないのだ。すべて、すべてが敵の手に落ちている!!

そう思うと、目のまえがまっくらになる! なにもかもみなわたしたちのものだったのに、わたしたちのものといえるものがなにひとついまはないのだ。

みなむたいにも奪われてしまった。だが、それがまたわたしたちの手に返る日はきっと、きっと来るだろう! かならずくるにちがいない!!

■8月21日 金曜　ゆうべはワルシャワが爆撃されて、[11]夜空に火の手があがった。なんとも恐ろしい夜だった。ひっきりなしに目がさめた。おまけに、夢にまであのユダヤ人たちを見た。

いまシフィーデルにみんなで行くところ。だが、念のため、はじめに、鉄道がどうなっているか、わたしがききにゆくことになっている。どうも線路がどこかで破壊されたようだからだ。この時間まで電車は1本も通らなかった。

シフィーデルはすてきだった。途中、ファレニツァに寄った。きのうユダヤ人たちがいたところだ。きょうはなまなましい惨劇のあとが残っているだけ。死骸(しがい)がよこたわり、服や身のまわりのものがあちこちにちらばっている！　ユダヤ人たちはもうつれ去られたあとだった。人を殺すばかりか、その遺体をとりかたづけようともしないのだ。

大事件‼

ワルシャワはてひどく破壊されたらしい。爆弾が百発（！）から落ちたという。大事件。なにひとつほかのことは話題にのぼらない。もうこのことばかりでもちきりだ！　とはいうものの、きょうはすてきだった！　汽車がくるたび、ようすをきくために、すごい勢いで駅まで走っていった。ほんとうにすてきだった！　こんな興奮をあじわったことは、まったく、ついぞないことだった。

（9枚脱落）

涙はかわいて、どこへ消えてゆく?

■8月30日　雨が降っている。夏はもう去ってゆかねばならぬので、泣いている。もうすぐ秋、秋がくる！　いや、もうここにやってきている。きょうはもう秋だ。

あすはワルシャワに帰るはず！　残念だ。ああ、なんてことだろう！　もちろん、うれしいことは、ほんとうにうれしいんだけど、やはり、そう……なごりも惜しい！

よくあることだが、不意にのどがせまって、そこから熱いかたまりがこみあげてくるときの感じったら、どうにもやりきれないものだ。おまけに、痛みまでそれにともなう。とらえようのない鈍い痛みだが、やはり、たまらない感じだ。口をむすんで歯をくいしばって、なんでもありはしないのだと、自分で自分にいいきかすのだが、むだなこと、なんにもならない。目はうるんで、まるでガラスのように輝き、大きな大きな涙のしずくがゆっくりと、ゆっくりとあふれだす。それといっしょに、胸の苦しみもいつか外に流れでる——ゆっくりとあふれこぼれる涙につれて！

そうすると、やがて、すこしずつ胸が軽くなり、のどの痛みも、つまった感じもとれてきて、しだいしだいに楽になる。そして……そして、そこでやっとなにもかもすべては消えて、過ぎてゆく。
なぜって、涙はかわいて消えて……それっきり……もうもう二度ともどってこない。新しい涙が目にわいても、それもまたただ流れては消えてゆくだけ。だが、どこに、どこに消えてゆくのだろう――この悲しみの、痛みの、また、喜びのその涙は？　ときには、ちょうどこの、このわたしの涙のよう、消えてゆくのだ！……いや、違う！……この涙は消えるのではない。それは……それはいつまでも、いつまでも残るのだ――この日記帳のそのうえに！　消えることはけっしてない！　だって、この帳面をひらくたび、いつもわたしはそこに見るのだ――わたしの流した涙のあとを、流れる涙を、そして、涙がほおを伝ってゆっくりとこぼれ流れるそのさままで……涙はこぼれ、したたり落ちる……落ちて、にじんで散ってゆく……

9月1日　火曜　きょうから授業だ！　だけど、わたしはアニンに残ることになった。こうなったのを喜んだらいいのか、それとも、悲しんだらいいのか、自分でも、まったくのところ、よくわからない。なんとなく妙な感じだ！

ママといっしょに勉強している！――ほんとうに、あんなにも……あんなにも残りたがっていたんだけれど！……

もう秋だ。秋のけはいがもうはっきりと感じられる！　日はきらきらと輝いているのに、空気はつめたく、うそうそと肌寒い！　けれど、もうさきをつづけているわけにはいかない。ドイツ語の勉強にかからなくてはならないのだ！　しかたがない。夏休みはもう終わったんだもの!!

ワルシャワがまっかに燃えだした

■9月2日　水曜　きのう床についていて横になっていると……ふいに恐ろしい音がして、あたりの空気をふるわせた。思わずがばとはね起きた。爆弾だ！　うちのまえに出てみると……空は、つぎつぎと光りながら降ってくる照明弾で、あかあかと照らされていた。

と、その瞬間、また爆弾の落ちた地ひびき……「あかりを消せ、あかりを！」という叫び声……つづいて、2弾、3弾、4弾……ワルシャワだった。

空襲は2時間からつづいた。

それから……それからワルシャワはまっかに、まっかに燃えだした。

爆弾の落ちるたびに、わたしはしっかりと日記をだきしめた……こんなときにも、日記のことは忘れなかった。けっして、けっして忘れたりすることはないだろう……なにはおいてもまず持ちだしたのが日記だった！　はじめは、こんなことがなにもかもなにかおかしくてならなかったが、やがて、そのうちに、おかしいどころか、恐ろしくてたまらなくなった。

■9月5日　土曜　勉強するのと、本を読むのとで時間はいっぱい、ほかのことはなにもできない。ダンカがたっていってからというものは、散歩ひとつしない。それどころか、日記のことも忘れがちだ！　けれど、もういいかげんに思いだしてやらなくっちゃ。

■9月6日　日曜　もうヒースの花もそろそろおしまいだ……こんなすばらしい紫の花がこうしてうつろってゆくなんて、ほんとうに残念だ！　どれもこれもしぼんでみじめな姿になってゆく。いまにも夕立がきそうだ。もうこうしているまにも雨が落ちてくるだろう。風がおこる！

ワルシャワからはみんなが逃げてゆく。夜のあいだだけ町をはなれて、林のなかで泊まる人たちもたくさんいる！……

だんだんわたしは日記をぞんざいにしてゆくようだ。日記のことを忘れてゆくらしい。いや、そうではない。忘れているわけではけっしてない。ただ日記をだいじにする気がなくなっただけのことらしい。なぜって、時がたつにつれて、どうしても書きたいという気もちがだんだん起こらなくなってきたからだ。それに、きょうなどは文字どおり書くことがなにもない！

■9月7日　月曜　また月曜日。そして、火曜日……このごろの毎日といったら、ちょうど1939年のあの9月[12]を思いだささせる。あのときもちょうどこうだった。人々はやはりワルシャワからぞくぞくと群れをなして避難していった。ただ一つだけ違うのは、違わなくてはならぬのは、あのときはまだいくさが始まったばかりだったが、いまはもう、やがて終わるにちがいないということだ。

（3枚脱落）

■10月18日　日曜　10月12日にアニンで鉄道に時限爆弾がしかけられた。いや、アニンばかりではない。ほんのわずかのまに、総督府[13]ぜんたいにこういう事件が起こったのだ。そのあとが逮捕、逮捕、逮捕の波……そして、きのう身がわりの人質が絞首刑に処せられた[14]。それでも、近ごろでは、戦争がもう11月には終わるというようなことをさかんに人がいう。けれど、わたしには、この地獄に終わりがくるなどということは、とても信じられないような気がする。もちろん、早く終わってくれればいいと思うことでは、わたしだって人にまけない。それなのに、ときには、いくさが終わるときなどけっして、けっしてないというような気がするのだ！　しかし、ときどきは、もういいかげんになにかが起こってもいいころだ、いや、なにかがもう起こると、心から信じるときもある。

けれど、それがどうだというのだ？　なにしろ、人間が同じ人間の首をつるというようなことが、こうしてまるで日常茶飯事のように、平気でおこなわれているのだもの。むごい、ひどい、恐ろしいこと。わたしにはとてもこんなことはできない。こんなようなまねがどうしてできるのか、まるで想像もできない。なにがどうあろうとも、一時（いっとき）も早くこんなことは終わりにならなければいけない。いいにせよ悪いにせよ、終わること、はやく終わりにすること、それだけだ！

■12月11日　金曜　ワルシャワ　いまワルシャワ。きょう出てきたところだ。うちにはいまだれもいない。ママはボプジャをさがしに出ていった。もしかしたらねえさんはつかまったんじゃないかしら？(15)　ああ、なんてことだろう！　なにもかも恐ろしいことばっかりだ！　どこを見てもただ涙、なみだ。いったいいつになったら終わることやら。いまはもうわたしにはこのだいじな日記のほかにはなにもない、だれもいない。おまえだけがわたしのほんとうの、ほんとうの友だちだ。ああ、かわいそうなボプジャ！　なにか、なにかあったのと違うかしら。ひょっとつかまりでもしたら……そんなこと、そんなことだけはありませんように！

若者こそ、祖国ポーランドのいしずえ

■12月16日　水曜　アニン　わたしたち若者――若者こそ祖国ポーランドをもりたてるいしずえなのだ。だからこそ、わたしたちは理想をもたなければならぬ。理想にむかってつき進まなければならぬ。けれど、じっさいはどうだろう？……じっさいもしそのとおりだったとするならば、けっして占領のうきめなどはみなかったろう。いまでも強国の国民としていられたろう。よく組織された力強い勇敢な国民として……理想的な市民によって形づくられ

たそれこそ一流の国民として……ところが、わたしたち、わたしたちは、ほんとうのところ、ただのみじめなありきたりの人の群れにしかすぎない。なぜって、負けて、こうしていま敵のくびきにおさえつけられているではないか。だからこそ、なおのこと、わたしたちはこうした事態を正すよう努めなければならぬ。理想的な市民となるよう励まなければならぬ。わたしたちはそのとき、はじめて、けっして滅びることのない力強い国民となるだろう。「どんなことにもひるまず、たゆまず働こう。ひとりひとりが理想を自分のものにしよう」。これこそ、そういう国民のすべてが胸にきざみつけるスローガンとなるだろう。

■12月17日　木曜　病気で床についている。けれど、なんとしても寝ているのがいやだ。おまけに、またどうだろう！　日記をつけることさえゆるしてくれない……

■12月20日　日曜　きょうはもう起きだした。気分はすばらしくいい。

床に横になりながら、日記をつけている。もう晩だ。みんなにたよりを出した。クリスマスのお祝い状だ。ヨンカには長い手紙を書いた。ヴァンダにはクリスマスカード。あすはワルシャワに出る。すばらしいニュースがあるのだけれど、きょうはもう書く暇がない。じきにロウソクの火が消える。いま電気がこないので、カーバイト灯を使わなければならないのだ。ロウソクは高くつくので……

■12月23日　水曜　アニン　もうワルシャワから帰ってきた。買い物はすっかりすますことができた。みんなにプレゼントを買った。ヨンカには木のブローチをプレゼントしたが、かわりに、こんなかわいいガラスの小鳥をもらった。とっても、とっても気にいっている。パパとママはいったいなにをくれるか、楽しみだ。

市電と帰りの電車ではすっかりもみくしゃにされてしまった。お話にもなににもならない！

まったくいまの交通機関ときたら、どうだろう！　市電に乗ったのは6時だった。ちょうどすぐわたしのそばに入り口がきて止まったので、楽に乗りこめた、というより、人波にたちまち突きこまれ、アッというまに中にはいってしまったのだったが、行きついたさきは、さいわい、うまいぐあいに窓ぎわだった。しかし、ちょっとのまに、身動きひとつできなくなり、もういまにもつぶされるかと思ったほどだ。市電が動きだしたときには、半分ほどの人がまだ停留所に残されていた。「満員です！」車掌が叫ぶ。どこかわたしの近くでうめき声がする。どうしたのかと、見ようと思うのだが、ギュウギュウ押しつけられて、首をまげることもできない。ステップのところでも叫び声があがる。「子どもが、子どもが！」そして、子どもの泣きだす声。「ちょっとでいいから、つめたらどうです」。けれど、もうすしづめの満員で、それこそ、指一本さしこむすきもない。やっとわたしのおりる番がきた。カバンを脇にかかえなおし、こぶしを握りしめると、人の波のあいだをもまれもまれて流れていった。人の足をふもうがなにをしようがかまってはいられない。さきへ進めさえすれば、どうでもいい。できることなら、人の頭のうえだっても歩いたろう。

ようようのことで外に出たときには、思わずホッと息をついて、しばらくそこに立ちどまっていたが、いままでのあのありさまを思いだすと、まったくおかしくておかしくて、吹きだしてしまった。

まだそれからさきアニンまで電車に乗ったときの話もあるのだけど、もう書いている暇がない。

クリスマス

■12月25日　金曜　ようやくすこし暇ができた。もうなにもかも用意はととのっている。あとはクリスマス・ツリーの飾りつけだけだ。きょうはなにしろクリスマス・イブ！　もうお祭りなのに、まるで雪がない。外はあたたかくて、それこそ夏みたいだ。

■12月26日　土曜　クリスマス！　プレゼントにはわたしは万年筆をもらった。うれしくってうれしくって、とびはねたいくらい！　それに、クリスマスの木のきれいなことったら！　生まれてはじめて今度はわたしがひとりで飾ったんだ。とにもかくにも、ことしのお祭りはまずまず。ただ雪がない。けど、ないものはしようがない。いま教会から帰ってきたところだ。アニンの教会は小さいが、とてもきれい。会衆のうたうクリスマスの賛美歌がたからかに会堂にこだました。

クリスマス・ツリーの絵で日記のページを飾ることにする。詩も書きそえておく。

飾られていま立っているモミのみどりの木。そう、
きょうの日はすべての日にまさる日。きょうこそは、

（1枚脱落）

■12月30日　水曜　きょうは凍（い）てがきびしい。雪が降っている。本格的な冬が始まった。すてき！　いま、そりに乗りにゆくところ！　これじゃ、まったく、アニンを離れるのがい

やになる。というのも、近いうちに、ここをひきあげることになるらしいからだ。

■12月31日　木曜　古い年よ、さようなら！　もう二度と、二度と帰ってこない年。過ぎさったその月日。さようなら、さようなら、古い年！

1943年

ワルシャワで

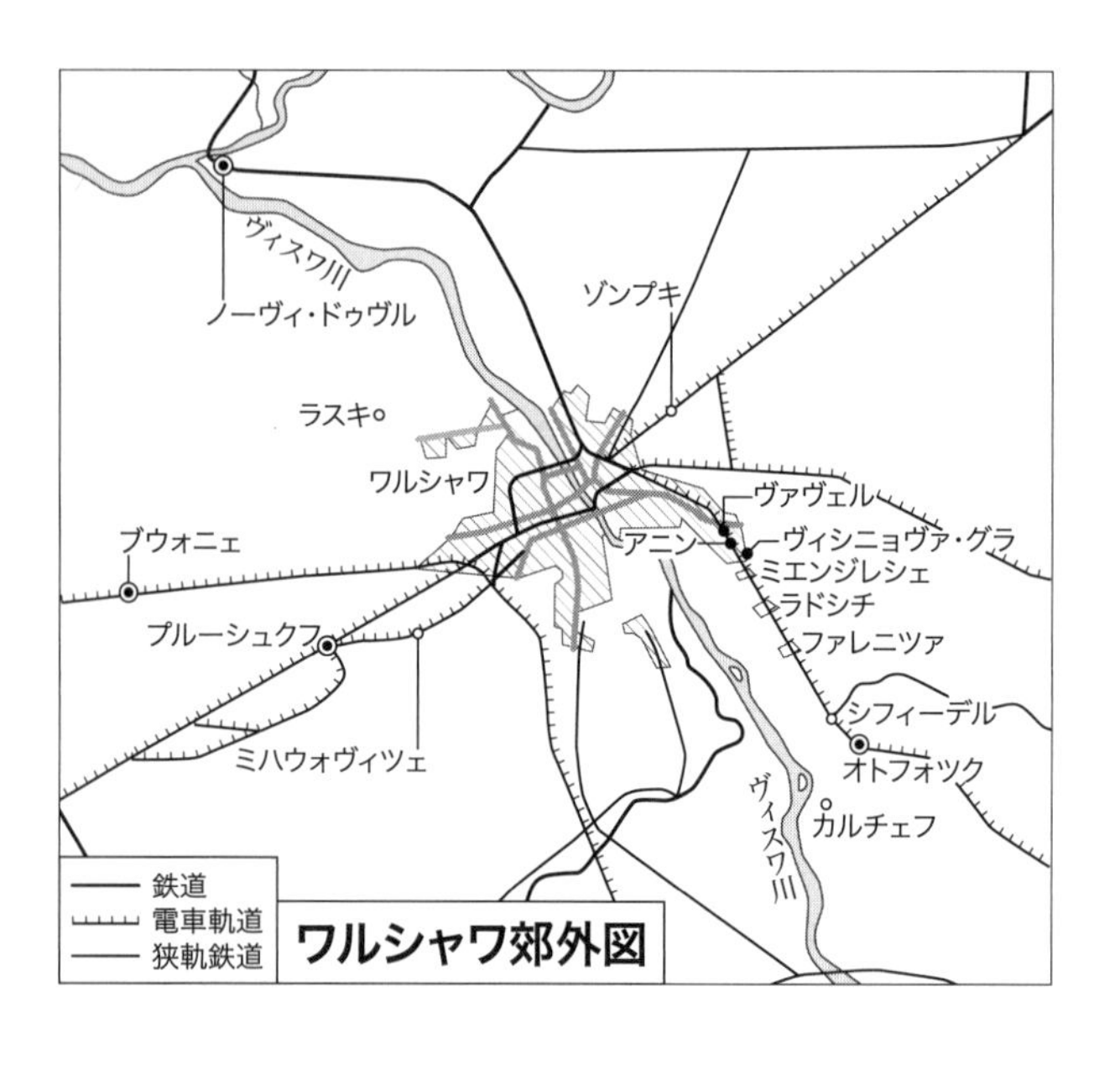
ヴィスワ川
ノーヴィ・ドゥヴル
ゾンプキ
ラスキ
ワルシャワ
ヴァヴェル
アニン
ヴィシニョヴァ・グラ
ミエンジレシェ
ラドシチ
ファレニツァ
ブウォニェ
プルーシュクフ
ミハウォヴィツェ
シフィーデル
オトフォツク
カルチェフ
ヴィスワ川
鉄道
電車軌道
狭軌鉄道
ワルシャワ郊外図

戦争の最後の年になりますように

■1月1日　金曜　アニン

いまやってきた新しい年——
新しい歴史をせおい、
新しい苦労と苦しみと
それに、新しい希望もつれて。

新しい年がきた。1943年、戦争が始まってから4年めの年。わたしたちが自由を失ってから4年め。流血とうめきと涙の4年め。そして……そして、それは希望と期待の4年めでもある。戦争の終わり——むごたらしい恐ろしいこの日々の終わりを待ちうけて、もうこれで4年めなのだ。新年のあいさつには、だれもがみな、もうすぐにもいくさが終わり、すばらしいあすができるだけ早くくるようにと、願いのことばをのべあった。しかし、ほんとうにそうなってくれるだろうか？　ああ、神さま、ぜひともこのわたしたちの願いが実現しますよう……もうこれが戦争と占領の最後の年となりますよう……なにがどうでも、ぜひぜひそうなってくれますように！……

■1月3日　日曜　わたしたちはワルシャワにいよいよひきあげることになった。この静かでのどかなすばらしい、すばらしいアニンをこうしてあとにするのが、なんとも心のこりだ。ゆうべもそりに乗りにいったが、わたしはそのあいだそりのうえに横になりながら、大空の星くずをじっとながめていた。まわりはどこもかしこも白一色……

あたりはまるでこそりともしない。ただそりのかすかにきしむ音ばかり……

アニンはそれこそおとぎ話の国のように美しい。一歩外に出ると、もうまるでふしぎの国にでも足をふみ入れたような気がする。

いたるところ白一色、いたるところ夢の静寂。
ただ森の松ばかりいつもみどりに……

いたるところ白一色。ただ紺碧（こんぺき）にひろがる空の
その青いふちの深みに——

ちらばる星のまたたき。

■1月4日　月曜　ワルシャワ　もうワルシャワだ。暇もあるし、いま日記を書こうというわけで、こうして腰をおろして、帳面をまえにすわっているのだが、なんだかおかしい。書くことならいくらでもあるように思うのだが、それなのに、ちっとも書けない。書くことがなにひとつないのだ。もう寝にゆこう。そこなら静かにおちついて、いろいろなことをいろいろにゆっくり考えてみることができるだろう。

たとえば、あのラスキ[16]のことなど、よっく考えてみるがいい。横になってこれからそのことをじっくり考えてみたいと思う。とりわけ、あそこにいるあのかわいそうな子どもたちの身の上のことを……たとえほんのちょっとのまでもいい、ああいう〝光のない世界[17]〟のことを自分の身におきかえて想像してみること。

あのサビーナやおとなしいハーニャのようすを思いだしてみるがいい。なにも見えないことの〝光のない世界〟になんのふしぎも感じないでいる、あの小さなカローレクのことを考えてみるがいい。それにくらべると、わたしは、どんなに、どんなにしあわせなことか！

■1月7日　木曜　ワルシャワにルブリン県の子どもたちが運ばれてきた。[18] どれも1歳から10歳までの子どもたち。このいたいけな子どもたちがみな、この恐ろしい寒空のもとを、引きこみ線にひき入れられた車両のなかに押しこめられたまま待たされているのだ。そのうえ、あのドイツ人たちは、親子ばらばらにひき離したうえ、親は親、子どもは子どもで別々に輸送する。ワルシャワの人たちはこの子たちをつれだして、手もとにひきとろうともう懸命だ。発電所やガス会社やいろいろな工場の労働者たちが、それぞれ、自分のところにつれもどって世話をしているという。あちこちの会や組織や、学校までが、この子どもたちにさきをあらそって保護の手をさしのべている。

なぜって、ほんのちょっとでも考えてみるがいい——両親とひき離されて、食べものも、あたたかい着物もなく、寒い冷たい車両のなかで、ひたすらふるえおののいている子どもたちのそのようすを。ワルシャワじゅう、文字どおり、わきかえるような騒ぎだ。だれもかれもが、なんとかして、哀れなあの子たちをつれだし、ひきとろうとして駅へとんでゆく。

できることならば、わたしも喜んでこの子どもたちを手もとにひきとりたいんだが!!

「狩りこみ」がつづく

■1月18日　月曜

毎日のように恐ろしいあの「狩りこみ」(19)がつづく。いつになったら、いったい終わりがくることか……こうしているいまの一瞬一瞬さえもがあてにならない。あすをも知れぬ不安にたえずおののいているのだ。

街角で無差別に行われた狩りこみ（写真　AP／アフロ）

■1月21日　木曜

もう晩だ。日がこんなに早くたってゆくので、日記をつけている暇もないくらいだ。が、きょうは、そんなことより、それこそすてきな、すてきな知らせがある。もううれしくって、うれしくって……それに、こうしてひとりでいられるっていうのは、なんてすばらしいことだろう。なにしろ、ひとりになることなんて、いまはもうほとんどないんだもの。へやが一つで、そこに家族4人がいっしょに鼻をつきあわせているんだから、やりきれない。いや、それはともかく、このほやほやのニュースをまずひろうしなければ……

ああ、なんて、なんてすてきなんだろう、ほんとうに！……2月から学校にかようことになったのだ。地下組織の秘密の中学校に[20]……

すてき、すてき！　いっしょの組には女の子が4人。わたしは5番め。お友だちができる。もしかすると、やっと、これで、ほんとうの親友が……しかし、そうなったからって、この日記をすてるなどとは思わないで。とんでもない！　この日記のような心のゆるせるほんとうの友だちなんて、これ以上、けっしてけっしてできっこない。もうそうにきまっている。ひょっともしそんな友だちができたとしても、それはなま身の人間で、日記とはまた違うんだ。日記、日記、だいじな日記、それはまるきり、まるきり別なもの……なにしろうれしい、ほんとうにうれしい。

■2月5日　金曜

さびしい、さびしい。なんてきょうはいやな日だろう。窓の外は灰色の霧。びちゃびちゃとぬかる道。病気で学校にも行かれない。わたしはいつもこうなのだ。せっかく運がむいてきたかと思うと、すぐにまた横にそれてしまう。けれど、希望はなくすまい。希望の星は、いつかまた、きっと輝きだすにちがいない。

（1枚脱落）

■2月24日　水曜　学校にかよいだしてから、もうこれで2週間。それで、日記を書く暇もなかったのだ。新しい友だちはとても感じのいい女の子ばかり。ミルカ、イルカ、バーシャ、それにジュウタ。ジュウタはただラテン語と地理の授業だけに出ている。もう外はかなりあたたかくなった。冬ももう終わり。雪はない。じき春だ。春はもう空気のうちにも感じられる。いや、それにまだ一つ、いよいよ戦争の終わりの近いこともまた感じられる。ああ、そうそう！　まだもう一つすばらしいニュースがあったっけ。つい書くのを忘れるところだったが、わたしたちは今度ひっこすことになったのだ。[21]　4部屋に台所のついたアパートだから、今度こそは、やっと自分のへやがもてるようになる。しめしめ！　まったくすばらしい！　4月にはもう移る予定。すてきだ！　ただ家具がないが、そんなことなど、もうなんとでもなる。だが、もうこのくらいで、やめにしとかなければならない。なにしろ暇がない。まだおさらいをしなければならないんだ。ポーランド語の勉強も残っている。そう、きょうはポーランド語の時間があるんだ。うれしい！　だって、わたしのいちばん大好きな得意な課目なんだもの。

■3月11日　木曜　ぜんぜん日記をつける暇がない。もうひっきりなしに勉強、勉強。それに、ちょっと暇ができたかと思うと、今度はなんとなく書く気がしない。えてして、こうしたようなものだ！　アニンではまるで違った。あのころは、明けても暮れても書いてばかりいたものだった。

すてき——それにしても、ほんとうにすてき！　いよいよひっこしだ。自分のへやがやっとこれでもてる。それに、すてきな白と青の勉強机も。

だが、もう書きやめねばならぬ。だれかのノックする音が聞こえる。

これが戦争のあとの春だったら！

■3月20日　土曜　日ごとに春らしくなってゆく。わたしばかりか、世界じゅうがこうして待ちに待っているすばらしい春！　喜びと、それに、まるきり別の新しい生活をもたらしてくれる春！　春は冬の眠りから世界をよびさます。よびさまして、そこにしあわせを置いてゆく。なぜって、生命こそしあわせにほかならないからだ。その生命をこの世にもたらすものが、またほかでもない、春だからだ。動物や植物や虫のはてにいたるまでいきいきとした色をとりもどし、自然が、世界ぜんたいが喜びの声にあふれるとき、わたしたちもまたそれを見て、わきあがるしあわせの思いにひたされる。喜びに心はみちみちる。外はまたあたたかいのだ。みどりの芽ぶき、空の鳥、野のけだものがこの目でこうして見られるのだ。世界がたからかに歌っているのだ。もううちのなかにじっとすわっていなくてもいい。毛皮をつけずに外へ出られる。青空のもとでうつらうつらと日光浴もできる。どこもかしこもうららかに、のどかに……そう、そうだ。これほどたくさんの喜びを春はもたらしてくれるのだ。なつかしい春！　すばらしい春！

とりわけ、いまのような苦しい時代、わたしたちの生きているこうしたいくさの時代には、春をむかえる喜びというものは、また格別だ。うちのなかに焚くものもなく、寒さにこごえふるえていた人たち、いや、それどころか、身にまとうあたたかな着物ひとつなかったような人たちが、どんなにたくさんいたことだろう。だれもかれもが春のおとずれに有頂天だ！　ああ、このうえ、もしこの春がわたしたちポーランド国民の「自由の春」であったなら！　戦争のあとの春だったら！　でも、それははかない願い……もっとも、ひょっと……そう、まったく、なにが起こらぬともかぎらない……いずれにせよ、春の気配にみながみな、ほのぼのとした気もちでいる。春！　ああ、春！

■3月21日　日曜　ついいましがたまで、ウヤズドフスキ公園[22]に行っていたところだ。はじめての春の散歩。すばらしいお天気だ。日がうらうらと照り、そよそよとあたたかい風が吹きよせる。ついさきごろまでわがものがおに吹き荒れていたあの冬の風とは似ても似つかぬ、それこそ、もう春らしいそよ風だ。通りにはいっぱいの人。その人のようすまで、やはり、いままでとはなにかすっかり違ってみえる。どこやら春めいた感じなのだ。もう花を売る屋台店が出ている。スミレ、ユキワリソウ、ネコヤナギ……

公園はとっても気もちがよかった。もともとウヤズドフスキ公園はあまり好きじゃないんだけれど……ワルシャワでいちばん美しいみごとな公園、ワジェンキ[23]は閉ざされていて、ドイツ人ばかりが出はいりしている。ポーランド人のために開かれている公園は二つきりしかないが、そのなかでは、パデレフスキ公園[24]のほうがわたしは好きだ。しかし、公園の話はもうこのくらいにしておこう。

とにかく散歩は快適だった。ユキワリソウのかわいらしい花束を買うつもりでいたのだが、なんとなく忘れてしまって、ほんとうに残念なことをした。そうでなければ、わたしにはこれが春の最初の日の最初の花になるところだったのに！　なにしろ、きょうは、こよみのうえでは、春の第一日めなのだもの。あの花を買わずにすましてしまったなんて、ほんとうに惜しいことをしたものだ！

■3月27日　土曜

もうひっこしがすんだ。わたしは、いまこの新しいうちで、これも新しいすてきな勉強机のまえにさっそく陣どって、この記事を書いているところだ。きょうはとってもあたたかい。そのあったかいことったら、もうわたしみたいなせっかちばかりか、はたの者がみな口をそろえていうほどだ。朝のうちは雨が降っていたが、やがて、しだいに晴れていって、いまはもうすごいお天気。冬ののこりをこの雨がすっかりあとかたもなく洗い流していったよう。それこそまがうかたない、もう春だ！

バーシャからことしはじめてのヒナギクの花をもらった。すぐに押し花にした。さっそくきょうこのページにはりつけよう。なにしろ、わたしに春をつげにきてくれた最初の花なんだもの——美しいこのかれんなヒナギクが！

自分のへやの自分の机で

■**3月29日　月曜**　もう自分のへやにおちついて、自分の机で日記をつけている。すてきなへや！　わたしが夢にえがいていたのと、そっくりもうそのままだ。どちらかというと白に近いちょっとクリーム色がかった明るい色の壁。まっ白な窓かけ。壁には絵に、十字架。花置きのうえのはち植え。いすがいくつか。それに、あとはこの勉強机だ。

まだゆかがみがかれていないけれども、脇戸だなには飾り布がかかっているし、花びんには春のしるしのネコヤナギがいけてある。なにひとつとして好ましくないものはない。しかも、また、それがしっくりとまとまっていて、全体からうける感じのすてきなこと。小さくって明るくって居ごこちのほんとうにいいへやだ。

■4月1日　木曜

日はただ灰色にぬり消され
あたりに暗鬱(あんうつ)の影はたれこめ
この冬（いくさ）[25]は、ああ、はてもないよう
そのはてる日も

撓(たゆ)まずしかしひたいを上げよ
心を起こしてしのび待てきっと
きっとめぐりくる、ああ輝く日の
そのひかりの日!!

R(エル)・コウォニエツキ[26]

ついさっき、ヨンカの父が逮捕されたという知らせがはいった。かわいそうなヨンカ。あんなにもしあわせそうにしていたのに、いまは……しかし、それでも、力を落としてはいない。信じる心はなくしていない。彼女がくじけるようなことなど、けっして、けっしてないだろう。

（1枚脱落）

■4月18日　アニンに行った！　すばらしかった！　空はくっきり晴れわたって、すごいお天気だったが、ただ風がひどかった。でも、それさえも気もちがよかった。わたしのさっそく出かけていったさきは、林だった。風に追いたてられ、追いたてられ、道をよぎって飛んでいった。あたりはもう青々としている。すがすがしい春の空気。池のほとりに出て、それから、例の丘に行った。そのうえに立つとただ松の木末(こずえ)ばかりの見える、わたしたちの大好きだったあの丘だ。そこから森をぬけて歩いていった。風が鳴りながら木々をゆすり、わたしの髪の毛を吹きみだす。わたしはただ前へ前へと飛んでいった。新鮮な空気を思いきりすって、それこそ、生きかえったような気もちだった。血管をつたう血のめぐりまでが、ひときわさわやかに感じられた。風のうなり、木立ちのざわめきに耳をかしながら、こうして飛ばされてゆくのが、ほんとうになんともいえずここちよかった‼　それにしても、なにをいったい木立ちはざわめいていたのだろう？　木々のざわめく音はさわやかで、なんとはなしにそこから喜びのひびきが、しあわせのしらべが聞きとれるように思えたほどだが、それと同時に、なにか悲しみの節もそこには流れているようだった。こんな有頂天な喜びに身をまかせきってはいけないというのいましめの声とも思われた。気楽にひとり野原をこうしてひた走っていてはいけない、なにも気にせず、考えもせず、風にのって、ただただ前へ前へと飛んでゆく――こんなことをしていてはいけないとでも、いっているように感じられるのだった！　そして、わたしにあらためて語りかけてくるのだった――敵の手にたおれてゆく同胞たちの身を思え、勝利をかちとるその日まで戦いぬけ！　と。

肩をくもう、肩に！　ともにつなぐ鎖を
地球にしっかとめぐらそう――
思いのはせるかなたも一つ、
心の願うさきも一つに！
新しい軌道へおしやろう――
因襲の世界の土台から

われらの地球を……かびはてた殻をやぶって
青春のかつての息吹(いぶ)きのよみがえるまで。

この詩のうちでミツキエヴィチ[27]がいっているように考えること、生きること……わたしたちは、因襲の世界の土台からこの地球をさきへさきへとおし進めてゆかねばならぬのだ。生命にいたる別のもっと美しくすばらしい道を見いださなければならぬのだ。足なみをそろえ、力をあわせて、ともに世界を結びあわさねばならぬのだ。強い、しかも、美しい鎖で……

（1枚脱落）

銃声の中の復活祭

■**4月24日　土曜**　もう1週間も執拗(しつよう)な戦いがつづいている。ゲットーでユダヤ人が戦っているのだ[28]。ひっきりなしに砲声、銃声が聞こえる。

お祭りのごちそうをきよめてもらいに教会へ行った。もうあすは復活祭だ！

それにしても、いったいいつまでつづくことだろう!!

■4月25日　復活祭（日曜）

ハレルヤ、ハレルヤ!!

ニワトリの一家がお祭りのごちそうをきよめてもらって、教会から帰ってゆく。ニワトリの旦那さまが車をひけば、ニワトリの奥さんのほうはそのあと押し。ひよこたちがチョコマカ手助け。

（色つきのさし絵）

「祭りの日はついに来た。教会のなかからは鈴のしろがねの音がもれ、その塔のうえからは八方に鐘の音がひびきわたる。主はよみがえりたもうた……青々と若草にしきつめられた土のうえからは、まるで御堂の香炉のよう、えもいわれぬさわやかなかおりが大空にたちのぼる。そのうえには太陽のこがねの円板がさしのぼり世界をとうとい生命の光にひたす……

アネモネは、そこで、そのフジ色の鈴をならしては、つつましやかにあたりに告げ知らせる――主はよみがえりたもうた！　と……

花々は小さな頭をいっせいに空にふりあげ、祈りをささげる。草も祈る。木も祈る……鳥という鳥は主をたたえて、たからかに感謝の歌をうたう……

ああ、主はよみがえりたもうた[29]!!」

17世紀に建てられたヴィラヌフ宮殿。美しいバロック様式で、ポーランド王ヤン3世ソビエスキが夏を過ごすための離宮だった（写真　PIXTA）

■**5月3日　月曜**

もう5月！……5月は一年でいちばん美しい月だ！　この世は春。なにもかもみずみずしく美しい。5月は聖母マリアさまにささげられたもっともすばらしい月なのだ。わたしたちはこの月と聖母さまをうやまって、5月の儀式をとりおこなう。

きょうは学校は祝日で休み。なにしろきょうは5月の3日[31]だ。「5月3日はポーランド人の盆、正月」。

もう4年もこの祝日は祝われてないことになる。ただし、わたしたちの学校ではこの日を祝って、授業もない。もっとも、ポーランド人であるかぎり、だれしもこの日は祝わなければならない！　それは当然なことにはちがいないが、しかし、旗をたてて祝うのではない。ただ心で祝うのだ。人に見せるためではなくて、自分で自分のために祝うのだ。

きのうの日曜は、ヴィラヌフに行った。ポーランド王ヤン・ソビエスキ(32)のたてた古い宮殿と、その大きな庭を見学した。せめてこの宮殿ひとつだけでも見られたのは、ほんとうになによりもうれしく、楽しいことだった。なぜって、ポーランドのだいじな記念物という記念物は、みなドイツの占領軍におさえられていて、この宮殿さえつい近ごろまでは閉ざされていたため、見学することなぞまるで思いもよらなかったのだから……

ユダヤ人たちがまだゲットーで抵抗をつづけている。じっさいのところ、もう数も少なく、最後の力をふりしぼって戦っているのだ。いまでは、ほとんどもうゲットー全体が火につつまれている。しかし、それにしても、ドイツ人にとってこれ以上の恥はないだろう。あの偉大なドイツ軍がほんのひとにぎりのユダヤ人の反乱に手をやいて、鎮圧しかねているなんて！……

■5月9日　日曜

もうライラックの花がひらいた。通りにも、庭にも、うちのなかにも、もういたるところ、鼻をつくその強いかおりがみちみちている。

子どものための童話劇を見た。じつをいえば、うちにお客があったので、いっしょに見にゆかなければならなかったというだけの話[33]。とりたてていうほどのこともなかった。子どもむきのありふれた芝居だ。ただバレエがすこしあったのが、よかったといえばいえるぐらいのもの。そのあとで、わたしは昔の動物園に行った。いまはすっかり荒れはてている。動物はドイツ人に持ってゆかれたり、空襲で死んだり、逃げたりして、もうちりぢりになってしまった。それで、現在ではただの公園になっている。しかし、とってもすてきだった。新鮮な空気をすって、すこし生きかえったような気もちだ。あたりいちめんにライラックのにおいがたちこめていた。

それから、わたしはタムカまで行って、ヨンカのところによった。ヨンカの父親の消息はそれっきりない。それなのにまるで悲しんでいるようすがないからといって、みんながヨンカのことを悪くいうらしい。あきれたり、腹をたてたりで、たいへんだ。けれど、なにも涙を流して泣かないからって、心では、その百倍も千倍も苦しみ悩んでいないとはかぎらないだろう。いずれにしても、こうしてひとりがまんづよく苦しみにたえてゆくには、ヨンカのような強い信仰がなくては、かなわぬことだ。

爆弾の雨、ワルシャワの空に

■5月13日　木曜　ゆうべは、それは恐ろしい空襲があった。爆弾が雨と降り、たくさんの建物が破壊された。ほんとうに、このワルシャワをみまうできごとといったら、それこそ目もあてられないようなひどいことばっかしだ。もうほとんど町の半分が焼けてしまった。ゲットーだ。おまけに、爆撃につぐ爆撃。わたしは退避所にはおりずに、きのうは階段に立ったままでいた。1942年の9月のようなこと[34]がまた起こりかけている。

ワルシャワの住民たちは、あわてて避難しはじめた。

■6月1日　火曜　いつのまにか5月が過ぎた。リラもうつろい、春も去った。6月。もう夏だ！　まもなくこの学年も終わって、夏休みになる！　まったく、時のたつのがなんとまた早いこと。きょうはアニンに行ってきた。もうむこうではアカシアが美しく咲いている。あの花のきよらかな白さと、そこはかとないかおりが、いまさらのように、夏のおとずれを知らせてくれる。はじめての春の花、サクラソウやらスミレやらひらいていたのが、ついこのごろのように思えるのに、いつかもう5月のライラックの花もうつろって、いまは早くもアカシアや、ジャスミンはじめ、とりどりの名も知らぬ夏の花の季節にはいっているのだもの！……

■6月10日　木曜　このごろでは、ろくろく日記もつけなくなった。起こったことをなにもかもたんねんに書いている暇などまるでないのだ。毎日毎日、事件やらニュースやら、新しいことならもういくらでもあるのだけれど、かんじんの書きつけておく時間がない。とくに、最近、ママが入院してからというものは（足を悪くしてもう1週間から寝たっきりだ）、なおのこと。わたしと姉とで、うちのかたづけから昼の食事のしたくまで、いっさいがっさいしまつしなければならないからだ。おまけに、ちょうど学年末ときている。なにはともあれ、勉強に精をださねばならないわけだ。それに、姉は姉で、また、高等学校の入学試験をうけるのだから、ますますもって暇などはできっこない。

きょうはわたしの誕生日。これでちょうど13になる。13だなんて！　ほんとうに、恐ろしいほど時が早くたってゆく。1時間が1日、1日が1週間、1週間がひと月、ひと月が1年、1年がまたつぎの1年と、かけ足で時はみるまにどこかへ飛びさっていって、あとに残されるのはわたしたちばかり。それも、だんだん年ばかりとって……14、15、16……いや、まだまだ……こうして数えていったりしたって、きりのない話。つくづくいやになってしまう。

日記――わたしの日記も、そうなれば、いずれはつけなくなるのかもしれない。おとなになれば……やれやれ、なんだってこうなんだろう？

■6月23日 水曜

きょうはわたしの名の祝い日。[35] うれしいはずの日なんだが……けれど、ほんとうにうれしいなどと思っているの？ 人生というものはさびしいものだ――こういうおめでたい日にさえ、心から喜ぶことができないほど。

日記帳よ、さようなら！

日記はやはりやめることにした。これ以上つけないことに……つけてもしかたがない……というより、どうにも書けないといったほうがいい。ひょっとすると……また、いつか……もっと明るい楽しい時でもくるようになれば、もう一度、書きたくなることもあるかもしれないが、いまのところは、まったくのはなし、書くことができない。なぜって、率直に書けないようなことばかり、こんなに、こんなにあるんだもの。それなら、いっそつけないほうがましだ。もしなにもかもありのままに書こうとしても、胸の思いのありたけをしるしきれもしないだろうし、また、しるすすべもわたしは知らない。これほどの心の痛みは、それを書きあらわすすべさえもまるでないのだろう……

この思いのかずかずを、行動の一つ一つを、わたしはとうてい述べつくせはしないのだ。だからこそ、いまここでわたしは日記を閉じたいと思う——まだ帳面にはすこし余白があるけれども。なにかを書きつけるつもりで、このページを開くことはもうあるまい。わたしの生涯になごやかな明るいもっとよい日の来るまでは、閉じておこう……

これからあと、この日記帳は、わたしにとって、なにものにもかえられないとうとい記念、自分の若い日の心のうつし絵としてただ残るだけだ。

これで、最後にいっておきたかったことは、もうすっかり書いてしまった。

だいじなだいじな日記帳、かけがえのないわたしの親友、さようなら！

1943年6月23日　水曜　16時

1944年

ワルシャワで

万一わたしの死ぬようなことがあれば、この日記はハーニャ・ドブロヴォルスカに渡してほしい（ハーニャの住所は日記のなかにある）。

ダダ　１９４４年

みんなといっしょに勉強が……

■6月27日　きょう古い日記を読みかえして、いろいろと昔のことが思いだされたせいで、また、ひさしぶりに書いてみようという気になった。こうして紙に書きとめられた思い出があるというのは、なんといっても、とても楽しい。それで、またつけだそうというわけ。

夏休みが始まった（暇も、だから、うんとできる）。きょうがこの学年のおしまいの日だったのだ（試験にうかって、ぶじに3年になった）。わたしたちグループのお別れの日の雰囲気はそれはあたたかい、心のこもったものだった（みんなでたった3人のグループ）。ワルシャワの近郊のミハウォヴィツェというところに学校はあって、週に一度ずつそこまでかよったものだったが、最後の、つまり、きょうの授業も、むろん、そこであったわけだ。それはそれは楽しかった。きょうでおしまいというので、ほとんどもう授業らしい授業はなく、そのかわり、近くの林の池のほとりまで遠足にでかけたのだ。ざわめく麦畑のなかをぬってつづく道を、みんなで歩いていった。町なかに住んでいるわたしたちには、畑や作物のあるこういなかの風景がこのうえもなくきれいに見えて、林や池や野のながめに、心もしぜんとはずんでくるのだった（ミハウォヴィツェのあたりは、べつに、けしきが美しいので知られているというわけでもないのに……)。

なによりもすてきだったのは、みんないっしょで、だれもかれも、いいあわせたように、そろってすごい上機嫌だったことだ。というのも、いつもは、どのグループにせよ、かたまると目にたつからというので、かならずばらばらになって、せいぜいふたりか3人ずつで歩くことになっていたからだ。わたしたちの学校というのは、なにしろ、秘密の地下組織なんだもの。こんな遠足になど行くのを先生がゆるしてくださったのも、ほかでもない、きょうミハウォヴィツェではドイツ軍のパトロールがなかったからだ。とちゅう若木の林にたち寄って休憩した。笑ったり、かけまわったり、みんな大はしゃぎだった。クリスティナ(ルヴフから来た女の子)はルヴフじこみのとてもおかしな一口話をひろうして聞かせ、ふだん沈みがちなバーシャまでがいっしょに笑いころげて、はしゃいだくらいだった(バーシャはしっかりした娘、わたしの大好きな大好きな友だち)。そのかわり、いよいよという別れぎわがつらかった。けれど、それはこうして別れるのが悲しいというよりも(なぜって、夏休みのあいだもわたしたちは、その気さえあれば、いつでも顔を合わせたり、訪ねあったりできるんだから。だれもどこといって行く予定はない。とにかく、こんなたいへんなむずかしい時代なんだもの!)、むしろ、学校の終わるのがさびしかったためだ。まえまえからいつも、休みがきたら、休みがきたらと、みんなで寄るとさわると話しあっては、あんなにも楽しみにして待っていたのに、いまやっとその日がきたとなると、授業がなくなるというので、わたしたちはすっかり悲しくなってしまったのだ。ベム先生（わたしたちのいちばん好きなポーランド語の女の先生）のもとを去るときには、ほんとうに泣けて泣けて、夏休みなんぞちっともうれしくなかったくらいだった。やがて、いくらか気分も直ったけれど、わたしにはそれがやはり不自然でぎこちなく、みんな実際にはさびしいままなのを、おたがいに慰めようと、陽気にわざとはしゃぐまねをしているとしか、感じられなかった。この学年はこうして、けっきょく、涙とともに幕になったのだけれど、それも成績のふるわなかったせいなどではまるでなくて、正反対に、この学年がすてきな年で、女の先生も友だちもみながみな申しぶんなくすばらしく、成績もじつによかったそのためなのだ。なにしろ、みんなここでいっしょに勉強するのが楽しくてならないというのに、来学年はそれがどうなるか、いまのようにこうして勉強をつづけてゆけるかどうか、いや、それどころか、わたしたちがはたして生きているものかどうかということさえ、まるでわからないのだもの!!　ほんとうにこの夏休みはどうなるだろう？　戦争！　戦争！　この休みをまえにしてなんとない不安を、恐れを感じたのだ。おそれ！　なにひとつあてにはできない時なんだから……わたしもなにやら虫が知らせる。この休みにはなにか恐ろしいこと、思いがけない変化が起こりそうな気がする。ひょっとすると、なにかよいほうに変わるかもしれない。いや、もっと悪くなることだってあるだろう。このさき、いったいなにが起こるか、見通すことなどとっても、とってもできないことだ。

なにもかもがややこしく、ひどくもつれにもつれている。ひどく苦しい！　よいにせよ、悪いにせよ、なにか、なにかが起こるのをたえずわたしたちは待ちうけている。なににせよ、変化のくるのを待っているのだ。だれもかれもいらいらと神経をとがらせている。ワルシャワじゅうが、ポーランドじゅうが（いや、ひょっとすると、世界じゅうが）、あすをも知れぬ不安と焦燥におののいている。なにひとつあてにできないこんな不確かな状態ほど悪いことはない（いや、いや、わたしったら、ばかなことばかり書く。悪いことがくるときまっている確かさよりも、なにがくるかもわからない不確かさのほうが百倍もいいにきまっている）。そう、やっぱり、やっぱりなにかが起こればいい。そして、この呪われたいくさが終わるといい。――ああ、神さま、どうぞ力をおかしください！　血にひたり、血にけがされたこの地のうえから、あなたを呼び、あなたに祈っている数千数万の人間たちのために!!……

■6月30日　これがいったい夏だろうか。いっこう暑くなる気配もない。雨、あめ……くる日もくる日もうっとうしい空模様。こんなお天気つづきではほんとうに退屈だ。いまのところは、まずまずだけど……というのも、毎日、ぐっすり寝てやすんで（こんなお天気では、まったく、ほかにすることはない）、やりきれなさより、いまはまだ、どちらかというと、快適さのほうがさきにたっているところだからだ。けれど、このさき、一年の疲れがすっかり抜けてしまったそのあとでは、いったいどういうことになるのか、見当もつかない。この休みには楽しいことなどそれこそまるっきりないものと、わたしは覚悟しているけれど、ひょっとすると、そんな予想とはうらはらに、とても楽しい休暇がすごせることになるかもわからない。どうなるものやら、いまのところ、先の見通しはまるでつかない!! まだなんのプランもない。

恐ろしい思い出のかずかず……

■7月1日　ついさっきまで机にむかって、昔わたしの書いた「思い出」という題の作文を読みかえしていた。戦争の始まったときの思い出を書いたものだ。読んでいるあいだ、わたしの目のまえには、戦争が始まってからいままでの、おりにふれ時にふれての恐ろしいさまざまな光景が、つぎつぎとよぎっていった。それをいまここに書いてみたい。わたしの思い出のうちにまざまざと、はっきりそれは刻みこまれている。忘れる日などはないだろう。けっして、けっして来ないだろう！　恐ろしいめばかりわたしたちは見てきたのだ。いや、まだこれからも見てゆくのだ。そのうえ、悲しいことには、それを忘れさせることもできないのだ……

※　※　※

なにもかもまったく思いがけなく始まった――あのやりきれない「戦争」ということばが耳にはいったその瞬間に。はっきりと、はっきりとまだ覚えている。庭にわたしは立っていた（姉も母もそこにいた）。すばらしい日だった。日がきららかに輝いて、庭にはバラが――白いバラが咲いていた。いちめんのバラ……強いかおりがあたりいっぱいに漂っていた。なにもかも楽しく明るく朗らかに、それは美しく見えたものだ。しかし、こうしてバラの花のあいだに立っていたときも、わたしたちの心には不安の影がさしていた。「空気」のうちには、もうどことなく、いくさのにおいが感じられるようになっていたのだ。しかし、悪いこと、恐ろしいことのありたけは、この世界――この白いバラのこよなく美しいながめによせるわたしたちの愛にみたされたその心に、「戦争！」という叫びが落ちかかり、食いいったときから始まった……そして、そののちは、このひとことのうちに含まれたすさまじい現実が毎日のわたしたちの生活となったのだ。白いバラ――喜びと平和とみちたりた生活のしるしともいえるこの美しいバラのかたわらに……喜びのすぐそばに……まったく、こんなにも近々と悲しみがあったのだ（いまになって思えば、それはなにも、そのときばかりのことではないのだが……悲しみは喜びといつもつれそっている。この二つの感情は対をなしている。あるときは喜びがかち、また、あるときは悲しみがかつ)。涙にくれる人々……覚えている――その悲しみがどんなに大きなものだったか。戦争が数時間まえに始まったと知ったとき、わたしたちは思わずワッと泣きだした。――それからというものは、くる日もくる日も恐ろしいおののきの日々がつづいていった。敵の攻撃のまえに危殆にひんした祖国を守る戦いの日々。数百、数千の人々が犠牲となった爆撃の日々。1939年の9月――まがいもないあのすさまじい戦いの9月が過ぎていったのだ。手に汗をにぎる思いでわたしたちの待ちに待ったニュース、かずかずの知らせ。あいつぐ悲しい敗戦の知らせにまじって、ときに、心もおどる勝利の知らせもあったが……しかし、それにしても、ドイツ軍が国境をこえてポーランドに侵入してきたとき、それから、弓おれ矢のつきるまで守りぬかれたワルシャワが敵の手についに落ちたとき、そのときくらい悲しかったことはない。ポーランド人にとって、それはもうとても耐えきれぬ恐ろしい経験だった。つづく年つきはただ灰色一色にぬりつぶされて、たっていった。日一日と闇はただこくなってゆくばかりだった。どこを見ても、まわりは貧しくわびしいくらし。そして、同胞の身にふりかかる不幸にたえずおののかなければならぬ毎日。銃のたまに、絞首台のなわに、収容所、監獄の拷問に、大量虐殺のいけにえとなって消えていった数知れぬ同胞たち……

わたし自身のいちばんつらかった年はというと、戦争の始まった年、1939年だった。

強制移住[36]、避難、それから、父の逮捕（半年の監獄生活ののち、まったく奇跡的に釈放された）、ワルシャワ転入、幾回ともなくくりかえされた爆撃、それればかりか、その年には、まだまだいろいろのめにあわなければならなかった。いろいろの、いろいろのこと……ワルシャワの人々にとってもっとも恐ろしかったときは、1943年の10月から1944年にかけて。その数か月のあいだというものは、町なかの通り通りで、公衆をまえにたえまなく見せしめの銃殺刑がおこなわれた[37]。毎日毎日、100人ずつもの人たちが、それも、若い人たちばかりが殺されていった。それから、あの恐ろしい収容所――人間がハエのように死んでゆくダッハウ[38]、オシフィエンチム[39]等々の収容所。また、若者たちがそれこそ目もあてられぬような苦しみをなめている残酷なむごいパヴィアク[40]のような監獄（14の小さな子どもたちまでそこには捕えられている）。恐ろしい、恐ろしいことばかり。ああ、戦争は世界を破滅させるのだ。人間を滅ぼし、殺すのだ。恐怖をいっぱいにまき散らし、生活という生活、喜びという喜びの息の根をとめてしまうのだ。そして、なにものにも替えがたい、だれにとっても欠くことのできないとうとい友情――人と人とのその友情、民族のあいだの親善を傷つけ、踏みにじってやむところがないのだ!!

復讐はぜひとも必要だろうか？

■7月2日　日曜　もういまにも泣きだしたいような気もちだ。まったく……まったくなんていう人たちだろう！　けれど、はじめから書かなければならない。楽しい日だったというのに、一日ももう終わるというところになってから、戦時のいまの生活にはつきものの不愉快きわまりないできごとが、たてつづけに、起こりはじめたのだ。押しあいへしあいの恐ろしい混雑のなかを10回も郊外電車を乗りおりして、へとへとに疲れきって、そのうえ、おまけに、夕立にあって……しかし、わたしにとっていちばんこたえたのは、あの……あのいやなできごとだ。胸に針でもささったような思いをわたしにさせたあのできごと……といって、なにも、どこかのだれそれが特別わたしにどうこうしたというようなわけでは、まるでない。いや、それはなにかもうまったく別のこと、ひょっとすると、もっと悲しい、もっと悪い、もっと情けないことだという気がする。これは人が、人々がときには野獣になり、野獣そこのけのふるまいをして恥じないということを、いままた、わたしにはっきりと教えてくれたできごとだった。悲しいけれど、これは事実だ。じつに、じつにやりきれない。なぜって、ポーランド人、いや、もっと悪いことには、わたしの同胞を、ほかでもない、あのドイツ人たちとならべてくらべてみなければならなかったからだ。とにかく、きょう耳にしたこのことは、わたしにはほんとうに恐ろしい衝撃だった。このけがらわしい悲しい事実[41]は、まるで「いっぱいにひろげた胸をさすバラのとげのよう」に、わたしの心にやにわにいたでを負わせていったのだ。

そして、それから、もうひとつ、あの瀕死（ひんし）の傷を負った人々[42]の運ばれていった車両（だれだって、これを見て、憤慨しないものはなかろう。わたしもまたやはりためらう——ドイツ人を人間とよんでいいものかと）。わたしは見た——そのいたましい傷を、むざんにも形をかえてしまったからだを、ぐったりとたれた手を、熱にうかされて燃える目を……同情、同情せずにはいられなかった。わたしは心のうちでドイツ人をきびしく裁くと、もう一度、ポーランド人——同胞たちと比較してみた。ああ！　まったくこうして書くのも気まずいことだけれど、正直なはなし、わたしは、しばらくのあいだ、ためらわなければならなかった。長いこと、わたしの心のうちでは戦いがつづいた。しかし、つぎの瞬間、いったい実際はどうだろうと、考えていた。そして、やがて、冷静に判断をくだした。もうポーランド人をドイツ人とくらべようとは思わなかった。こんな比較がいまはもうこっけいだった。なぜって、比較などしなくても、なにからなにまでみなはっきりとしているからだ。こういいきってまちがいはない（これは事実だ、事実どおりのことだ）。ドイツ人ほど恐ろしい国民はない（ひょっとすると、われわれポーランド人にとってだけのことかもしれないが、わたしにはそれはわからない）。ほかのどんな国の人々にせよ、このドイツ人とくらべられる国民など、とてもあろうとは思われない。はっきりいって、下の下の国民！　しかも、わたしたちポーランド人には、とりわけ凌辱のかぎりをつくしてきた。きょうも、とくにそのことにわたしは考えをめぐらせたわけだった。そして、思った——いったい、この恐ろしい凌辱にたいして、わたしたちは報復しなければならぬのだろうか？　復讐はぜひとも必要だろうか？　と。そう、かれらの罪はあまりにも大きいので、それにこたえられるような報復など、この世には、なんとしても、ある道理がないのだ！　いや、それならそれで、あだにはいつも報復するとはかぎらないというあの寛容の美徳を、じっさいに、わたしたちがこの身でしめすことはできないものだろうか？　あだにたいして友情ではこたえられないものだろうか？　しかし、いまはもうはっきりということができる——いや！　いや！　と。そんなことは、そんな考えはゆるすこともできない。復讐はかならず、かならずしとげなければならない!!　ああ、きょうはわたしの心をなんと悲しい考えがかけめぐることか……しかし、ドイツ人を人間と思ってはいけない。復讐、復讐があるだけだ!!　けれど……もっとも、こういう自分にしてからが、それでどう復讐をしたらいいのかは、かいもく見当もつかない。いったいどうすればいいのか？　ああ！……神さま！……力をおかしください、道をおしめしください……じっさい、わたしはもうこの考えをもてあましぎみだ。ただ涙がこぼれるばかり。こうして、きょうの日はわびしく、さびしく暮れていった。

バーシャ、笑って！　笑いなさい!!

■7月6日　木曜　きょうはバーシャに会った。バーシャはいちばんの優等生だ。成績は全優。それなのに、とってもかわいそうな身の上なのだ。自分でなんでもやっていかなければならない。ひとりで生活費から学費までかせいでいる。こんなけなげな少女だというのに、それがまた、これっぽかしの喜びもない灰色の悲しい休みをすごさなければならないんだから……一年じゅううまずたゆまず勉強をし、全優をとり、働いて働いて、いまようやく夏休みがきたというのに、ぜんぜん休むことさえできないんだ。まったくどうしてこうなんだろう？　なぜまた疲れている者に、とうぜん休む権利のある者に、かんじんの休みはないんだろう？　なにもしなかった者、くたびれてもいない者、なまけて勉強もしなかった者は、反対に、たっぷり休むことができる。ほんとうに、ある者は一生涯はたらいて働いてはたらきぬかねばならず、またある者はそれこそ死ぬまでなにひとつしないですむとでも、いうのだろうか？

なにしろ、バーシャほどしっかりした娘はめずらしい。水晶のような性格に、こがねの心、頭がよくて、勤勉で……ただ……ただ陽気なたちでないのが残念だ。それだけが、どうも、わたしにはしっくりとこない。いつもいつも悲しげで、もの思いにふけっていて、笑いや喜びとはまるでもう百里もかけはなれたような顔をしている。しかし、これもべつにふしぎはない。その思いはここになく、いつも遠くをはしっているのだ。思うのは家庭のこと、肉親のこと。しかも、そこにはこの年つきのあいだ、おそらく、ささやかな喜びひとつついぞなかったにちがいない。なぜ彼女には心から笑えるようなほがらかな生活がないのだろう？　なぜいまのようなこんなくらしをしてこなければならなかったのだろう？　してゆかなければならないのだろう？　ああ、すこしでもその悲しみをなぐさめ、力になれたらと、どんなに思ったことかしら……けなげなこの少女の顔にほほえみが浮かび、憂いの影がつかのまにせよ晴れるたび、わたしの胸は喜びにどれだけふるえたことだろう!!　バーシャ、笑って！　笑いなさい!!　そんなに悲しい顔をしないで！　いまになにもかもきっとよくなる！　わたしたちがあんたに力をかすわ！　わたしがあんたに力をかすわ！　バーシャ！　けなげで、そして、清らかな人！　笑わなければだめよ――せめて昼のうちだけでも（もしどうしても泣きたければ泣きなさい――よる、だれも見もせず聞きもしないそのときに!!）。

そうよ、バーシャ、この世はとても悲しいもの。けれど、わたしたちは悲しみのうちだけに生きてゆくことはできないんですもの。たとえまわりが灰色だとしても、せめてわたしたちの笑いがすこしでもあたりを明るくするように、笑わなければならないんだわ。わたしたちわこうどの笑いが、すべての者の胸に、人生によせるとうとい希望をよび起こさなくては!! 覚えていてね、バーシャ。この希望がポーランド人にはいまとってもとっても必要なのよ。だから、たとえ悲しみのどん底にいても、喜びと笑いは失ってはならないのよ!! そうなのよ、バーシャ!——

■7月7日 金曜 ゆうべはワルシャワはたいへんな騒ぎだった。空襲があったのだ。飛行機、警報、そして、爆弾……爆弾はだれもがとってもこわがる。ああ、失敬! みんなではなかったわ。わたし——わたしはちっともこわくない!……おそらくまた近いうちに爆撃が——それも、もっとすさまじいのがあるにちがいない。すくなくとも、そういう話だ。いや、どうにもしかたがない!! あいにく、こっちのつごうなど斟酌(しんしゃく)してくれるわけじゃないんだから。

ここのところ、ずっとすばらしいお天気だ。それに、このごろの暑さときたら、まるでもうお話のほか。ほとんど毎日のように、ワルシャワの郊外の林のなかの川までかよっている。

なにしろ、一日じゅうワルシャワにじっとしているわけなんかには、とってもいかない。夏なんだもの。せめて少しは新鮮な空気をすわないことには……もちろん、ひとりで行くわけではない。友だちと行くか、姉と行くか、さもなければ、両親がいっしょだ。いつ行っても、それは楽しい。青葉のかげや、金色にかがやく太陽の光のなかで、好きなだけ夢想にふけることができる。さもなければ、はねたりおどったり、心ゆくまではしゃぎまわれもする。ふだんの悲しみも忘れてしまう。——これはとってもいいことだ！

べったりと地面に伏せて

■7月11日　火曜　ああ、わたしったらまたどういうんだろう！　ほんとうに、そんなにわたしはしようのない子どもなのかしら？　だれもかれもがわたしにむかって腹をたてるんだ。わたしだって、そんなにいつもいつも悪いことばかりするつもりでいるわけじゃないのに……ただわたしの手にかかると、なんでもすぐだめになってしまうんだ。ああ、なんてことだろう！　なぜこうなのかしら？　なにか悪いしるしでも背負って生まれてきたのとは違うかしら？　自分でももっとましな子どもになろう、なろうと思いながら、またぞろ、ついついつまらぬいたずらなどしでかしてしまう。とりわけ、いまは、わたししかうちに残っていないというのに……姉が休暇でたっていったのだ（きょうだいはたったひとりこの姉があるだけ。名まえはヤドゥヴィガというのだが、うちの者はみなボプジャとよんでいる）。それで、なんとも退屈でならない。だが、さいわい、クリスティナがいまのところどこにも行かない。うちも近いので、ちょいちょい顔をあわせている。それに、まだ読む本もたくさんあるので、助かる。まったく恐ろしい暑さ。水べでもなければ、とってもがまんができないほどだ。それなのに、川へ行けるのはたった日曜日だけ。なぜって、ほかの日にはパパが暇がないからだ。ひとりで行くのはもちろん、友だちと行くのもゆるしてくれない。おぼれるからとか（泳げるのだけど）、つかまえられるようなことでもあるとたいへんだからとか、いうのだ。じっさい、いま川べではよく狩りこみをやるらしい。それで、こうしてうちにすわって、「むし焼き」になっているわけだ。ときどき友だちとつれだって、公園に行く。けれど、それさえ気がすすまない――こんなかんかん照りの陽気では！

■7月14日　金曜

2、3日まえからお天気はすっかりくだり坂。かんかん照りよりなお悪い。

ここのところ、ドイツ人のあいだには動揺の色が見えだした。東部戦線が総くずれなのだ。

ボリシェヴィキ(43)が進撃している。きょうはもうヴィルノ(44)が落ちた。だれもがみな、今月ちゅうにはワルシャワのほとりまでボリシェヴィキが迫ってくるだろうと、期待している。戦線がワルシャワのそんなすぐそばまで移ってきたら、そのときこそ、ほんとうの地獄だろう。いまだって、たえまない地獄といえば地獄だけれど……

きょうシェンキエヴィチ通り（合資組合銀行のむかい）で、すさまじい撃ちあいがあった。1時間もつづいたろうか。憲兵が5人と、それに、たくさんのポーランド市民が殺された。それから、憲兵隊とゲシュタポが車でかけつけてきて、また撃ちあいが始まった。武器をもった男（党員）(45)がふたりつかまり、車のなかに連れこまれた。そこで、憲兵の車にむけて射撃が起こった。憲兵たちは機関銃の火ぶたをきって、それにこたえた。この撃ちあいのまきぞいに、わたしまでがすんでのことでなるところだったのだ。その日、わたしは外に出て、たまたまシェンキエヴィチとはすぐ目と鼻のさきのところまで、通りをわたって、歩いてきていた。そこで、ふと見ると、憲兵たちがなん人もむこうに立っているので、行こうか行くまいかと、ちょっとためらって足をとめたそのとたん、やにわに撃ちあいが始まったのだ。人々は店さきや門のかげをめざして、ばらばらと逃げだした。

わたしはというと、からだじゅうがもうがくがくとふるえ、心臓がふいにきりきりと痛んで、一瞬、それこそ一歩も足がふみだせなかったくらいだった。けれど、つぎの瞬間（ばか

A、戦前、文化科学宮殿のなかったころ、パンスカ通りはマルシャウコフスカ通りまでのびていて、少女の家はこのあたりにあった

B、ワルシャワ蜂起の参加者記念広場。戦前のナポレオン広場である

C、パスタ（電話局）　D、聖十字架教会　E、大劇場　F、王宮跡
G、ゲットーの中心部。現在、ゲットー殉難者の記念碑がある
H、パヴィアク監獄跡

なことをしたものだ)、近くの店屋の入り口めがけて、いっさんに走りだした。くわばら、くわばら！　ほんとうはべったりと地面に伏せていなければならなかったのだ。なにせ、まわりには飛びかうたま。やっとの思いで手近のドアのところまで倒れるようにしてわたしが走りついたときには、たまがそこからほんの一歩さきの窓にあたって、すさまじい音をたててガラスがはね散った。店のなかでは10分ほど待っていたが、そのあいだもずっと機関銃の掃射音が聞こえた。そのあとでは、傷ついた人々のうめき声まで耳にはいってきた。うちに無事についたときも、わたしはまだひどく興奮していて、胸がやたらにどきどき打った（もっとも、わたしは心臓がすこしよくない。このごろ悪くなってきたのだ。興奮したりすればもちろんのこと、こうしてただじっとすわっているだけでも、ときには、ふいにおそろしく痛み、うずきだす)。

しかし、恐ろしい時代だ。1時間、1日、1分とても、自分のいのちに人は確信がもてないのだ。

あすはシフィーデルにいる姉のところに行く。ボプジャは林間学校に実習生として行っているのだ。キャンプはすぐ川岸の森にあって、空気にも太陽にも水にもたっぷりと恵まれている。ただ食料だけはべつだけど、このことなら、いまは楽なとこなどあるわけがない。むこうは若い者ばっかりだから、にぎやかだろう。あす行ったら、バレーボールをするつもり。

姉のところへ！

■7月16日　日曜　うれしくってたまらない。だって、月曜日ワルシャワをたって避暑に行くはずなんだもの。すてき、すてき！　オトフォツク[46]に行くことになっているんだ。むこうでは、知りあいのある女の人のところに泊まる。そのうちにはわたしと年のかわらぬ女の子がふたりいるので、きっと退屈しなくってもすむだろう。あすの出立がもう待ちどおしくてならないくらいだ。わたしの滞在することになっている場所から、２キロはなれたところに姉がいる。だから、姉ともちょいちょい会うことができる。わたしはもう好奇心ではちきれそう。ほんとうに、どんなところにうちがあるんだろう？　きれいなところかしら？　感じのいい女の子だったらいいんだけど……気もちよく休みがすごせるだろうか？　などなどといったぐあいで、まだまだ知りたいことは、きりなくある。

ところで、きのうは姉のところへ行ってみた。元気だったけど、ただ山ほど仕事をかかえている。50人もの子どものめんどうをみなければならないのだ。じつのところが、姉ひとりきりというわけではなくて、もうひとりやはり女の先生もいるのだけれど、それでも、これだけの子どもたちのせわをするのは、まったく、なみたいていの仕事ではない。今週ちゅうにいまひとりまた女の先生がくるのだそうだが、そうすればすこしは楽になるだろう。

もっとも、それももうそんなに長いことではないかもしれない。ゆうべは夜どおし砲撃、爆撃の音がどこかでにぶくひびいていた。東部戦線がもうそんなにも迫ってきているのだという。すべてが近づいてくる――地獄、地獄が。けれど、それもしかたがない。もっと近づいてくるがいい。たとえこの土地が恐ろしい地獄絵さながらになろうとも、なにか起こってくれたほうがもうましだ。きっと、そのときは、もっと早く終わりがくるだろう！　いまはただ、この悲しい灰色の生活のうちで、あすの出立だけが喜びだ。それにつけても、わたしと違って、夏の休みをどこにも行けない子どもたちがこんなにも、こんなにもたくさんいること、休暇もとれず、たえまなく働きつづけて、息つく暇もない人たちがいくらでも、それこそ、いくらでもいることを考えると、ほんとうに……ほんとうに悲しくなってしまう‼

……

■7月18日　火曜　オトフォック

もうオトフォックにいる。なかなかすてきなところだ。なによりなのは、楽しくってちっとも退屈しないことだ。女の子が3人いる。リルカにバーシャ（これはふた子）、それに、このふたりより年上のデーダだ。あっ、それからまだひとり、忘れていたが、すぐむかいに住んでいるハーニャ。とても感じのいい女の子だ。ヴィテクという男の子もいる。

ついさっき、散歩に川べりまで行ってきた。とても楽しい散歩だった。ハーニャとリルカとヴィテクがいっしょだった。川へぬける道は林を通ってゆくので美しい。ただ帰り道、思いがけなく夕立に降られてしまった。どこにも雨宿りするところがなかったので、みんなそれこそぬれねずみ！　川で水浴びしなかったかわりに、たっぷり雨水を浴びてしまったわけだ。けれど、ぬれしょぼれたのなどは、なんでもない。砂糖細工ではないんだから、べつにとける心配もない。しかし、それにしても、ひどく愉快だった。雨のおかげで、みんな大はしゃぎだった！

なんだかそれこそニワトリが爪でひっかいたような字になってしまった。なにしろ、寝どこのなかで書いているもので……もうそろそろこのへんでやめにしといたほうがいいようだ。また、あした!!

■7月19日　水曜　「仕事」がたくさんあるので、書く暇を見つけることもできないくらい……なんて、ほんとうは仕事などなにもありはしない。ただ遊ぶのが忙しくて、書く暇がないだけ。書くことならたくさんあるんだけれども……

きのうはオトフォックにウクライナ人の避難者たち[47]がやってきた。正確にいえばただオトフォックを通っていっただけだ。たいへんな数だった。朝の11時から晩になるまで車に車をつらねて通っていった。みながみな、小さな男の子にいたるまで、武器を持っていた。

ハーニャといっしょに、きょうは、シフィーデルまで行ってきたのだが、はじめからしまいまで、なにしろ、悪いことずくめ、そのついていないことったらお話のほかで、まったくのところ、さんざんな日だった。だって、むこうででせいぜい楽しんできてやろうと、せっかく張りきっていたのに、姉が見つからなかったうえ、川にまで落ちてずぶぬれになり、バレーボールもとうとうできずじまいになってしまって、わたしばかりか、ハーニャにまで、すっかりきょうの午後をだいなしにさせてしまったのだもの。

そのかわり、晩はそれはそれはすばらしかった。夕ご飯のすぐあと、ハーニャといっしょに庭へ出た（出たというよりは、そっとぬけだしたのだ。ほかの女の子たちや、おばさんに聞きつけられないように）。空の暗い紺色の地に星がいちめんまいたようにちりばめられて、金色の光をはなち、なにかなつかしげにまたたいていた。あたりはしんと静まりかえっている。ただ松の木が眠たげにざわめくだけ……草のうえにおり立ったわたしたちに、星がきらめいてみせた。それから、やぶや木立ちのあいだを肩に肩をくんでさまよい歩き、美しい夜のながめにみとれながら、ふたりして、いろいろな思い出話やうちあけ話にふけったのだ。ハーニャがどう感じたかは知らないが、わたしにはこんな楽しかったことは、たえて久しくなかったくらいだ。話も終わりになったころ、わたしたちの頭上を飛行機が編隊をくんで飛んでいった。空を仰いで、これが味方の、ポーランドの飛行機だったらと、考えた。そして、つくづく思ったものだ――いつになったらそんな日がくるだろうかと。そんな日――ポーランド人の操縦するポーランドの飛行機の爆音を聞きながら、今夜のこと――大好きなハーニャといっしょに庭に立ち、思い出や夢をともに語りあったこの夜のことなど、なつかしく思いだせるそんな日が！

ボリシェヴィキがくるだろう……

■7月24日　月曜　ああ、夢みることはどんなにすばらしいことだろう！　すわってじっと……夢を……夢をみる……松のざわめきのえもいわれぬ美しいひびき。風にのって流れるしらべ。静かに、静かに……やがて、つよく音たかく……ひとりわたしがそれを聞く。

ハーニャはすてきな子だ。ハーニャとすごしたこの1週間の休みときたら、ほんとに、ほんとにすばらしかった。ハーニャが好きだ。大好きだ。しんから底から愛すようになったらしい。いや、そういっては、やはり、ちょっといいすぎかしら。だって、知りあってからまだたった1週間。ほんとうのところは、ハーニャのことをそんなによく知っているとはいえないんだもの。――けれど、ハーニャ、あんたといっしょにいるのはとってもすてき！……そうだわ。一口でいえば、ハーニャは（わたしたちの流儀にしたがって、若い者どうしのよく使うことばでいうと）、それこそ「最高とびきりの娘」なんだわ。

だんだん「熱し」てきている。いや、もうすっかり「熱し」きっている。戦線が急速に近づいてくる。ボリシェヴィキはそれこそもうまるで羽でもよそったよう。ドイツ人にも羽がはえたが、こっちはただその勢いで逃げてゆく。もうじきここが戦場になるわけだが、しかし、それも、しかたがない！ なにしろ、こうして「泣きの涙」でくらすのも、もう長いことはないんだから。やがて、ドイツ人がひとりも……ひとりもいなくなる。それに、ヒトラーがきのうテロにあって、もう生きていないというんじゃない！ それで、みんなの喜びようったら!! もっとも、ほんとうかどうかはわからない。もうたくさんの人たちがオトフォックをあとにして、つぎつぎとたってゆく。みんなたいてい歩いてゆく。なぜって、馬は徴発されているし、ポーランド人用の汽車は不規則で、ほとんどあてにならないようなしまつだからだ。わたしはというと、どうすることになるのか、自分でもかいもく見当がつかない。ママは迎えにこられないというのに、どうしてもわたしはここをひきあげなければならないのだ。こうしているまにも、思いがけないようなできごとがいろいろと起こりそうだ。はやい話が、オトフォツクへはもう3日もすればボリシェヴィキがくるだろうと、もっぱらみんなが話している。近くの街道には、東からドイツ軍の車がぞくぞくと動いてくる。ここ、オトフォツクでは、いま、しきりに塹壕が掘られている。もうワルシャワが恋しくなった。みんなが恋しくてたまらない。

きのうの夜、わたしのいまいるうちのおばさんがたっていった。それで、みんなでお別れをした。夜なかの12時まですわって話しあった。ハーニャもいた。はじめは、そのあとも残って、わたしといっしょに泊まってゆくなどといっていたが、12時になると、やはりうちへ帰っていった。みんなですわっているあいだはとても陽気だったのだが、やがて、床についたときには、それだけに、なかなか寝つくことができなかった。眠られぬままに長いことじっと横になったまま、空の星をながめていると、ワルシャワのことばかりが考えられ、どうにも帰りたくて帰りたくてならなかった。しかも、虫の知らせか、この夜のうちに、むこうでなにかよくないことがありそうな気がしてしかたがなかった。いつもの静けさはどこにもなく、街道には退いてゆくドイツ軍の戦車、自動車のモーターの音、わだちのひびきがひっきりなしにとどろいていた。遠くからは砲撃のおしつぶされたような鈍いひびきが聞こえてくる。わたしは、ワルシャワの町のうえに爆弾が雨と降るようすを心にえがいて、もういても立ってもいられない気もちだった。しかも、この予感はみごとにあたって、ゆうべワルシャワが爆撃をうけたのだ。毎晩ねるまえには、きまってママとパパのことが思いだされる！……わたしの愛する人たちが恐ろしい危険にさらされているんだ！　そう思うと、じっとしていられない……

もうだめだと、なんど……

■**7月25日**　恐ろしい夜だった。もう宵のうちから胸がうずいた。床についたのは11時だったが、ちょうどそのとき……オオ、神さま!!　やにわに恐ろしい爆音があたりの空気をつんざいて、夜のしじまを破ったのだ。「爆撃だ！」「空襲だ！」あっちでもこっちでも叫ぶ声が聞こえる。どこに落ちたかはわからないが、いずれにせよ、すぐ近くだ！　みんな床からはね起きた。爆発の音はいよいよ激しくなるばかり。「下におりるんだ、下に！　庭に出ろ！」大いそぎでわたしはへや着にコートをはおると、外に走りでた。いても立ってもいられないほど、急に心臓が痛みだした。ふるえがでて、とまらない。からだじゅうがガクガクして、いまにも倒れはしないかと、自分で思ったくらいだった。それでも、草のうえにようようからだを横たえたときは、どうやらいくらかおちついてきた。空に雲のかげ一つない美しい星月夜だった。そのとき、不意にあたりがぞっとするほど明るくなった。あっ、照明弾！　そのきれいだったことったら！　ふわふわと落ちてゆくうちに、しだいに動きがにぶって、やがて、黒い森のうえの空にかかったかと思うと、そのまま、ギラギラとそこで燃えていた。なにもかも手にとるようにはっきり見える。まったく、こんな恐ろしいばあいでさえなかったら、それこそ、いつまでもいつまでもただじっと見とれていたにちがいない。けれど、照明弾が照らしているのは、ほかでもない、爆撃のその目標なのだ。それから、まだ三つ照明弾が落とされた。いまはもう真昼のよう。そして……つぎにとうとう爆弾が！……いまにもはずれそうにガラスがふるえた。わたしたちもみんなもう歯の根があわない。なかでも、ハーニャは、まるでおこりでも起こしたように、ガタガタふるえていた。かわいそうに、こわくって、身も世もない思いでいたに相違ない。この空襲のあいだじゅう、わたしたちはずっとふたりいっしょだったのだ。しっかりとハーニャのからだをわたしは押えていてやった。ハーニャも自分でいっていたけれど、こうしていると、なんとなく元気がでて、どうにかがまんもできるらしい。だが、そうしているまにも、あとからあとからひっきりなしに爆発の音があたりにとどろき、照明弾が落とされる。これでもうおしまいだ、もうだめだと、何度、思ったことかしれない。はじめは、こわくってこわくってならなかったが、しまいには、だんだんとおちついていった。ただワルシャワと、シフィーデルのことばかりが気になった。しかも、しまいには、わたしたちのすぐ頭のうえをまいまいしている飛行機に高射砲がうちだされはじめたので、防空壕にまでおりなければならないしまつだった。もっとも、防空壕といっても、ただ穴があいているだけなんだけど……なにしろ、破片がやたらと降ってくるんだから、しかたがない。やっと、3時になって、寝にゆくことができた。

ハーニャとの別れ

■7月26日　水曜　ワルシャワ

どうしてワルシャワにたどり着けたのか、まったくのところ、奇跡のようで、自分でもなっとくがいかないくらいだ。こんなめぐりあわせなんぞ、めったにあるものじゃない。そもそものはじめはというと、きのうの朝（寝不足の夜をすごしたあとで）、姉のところまで行ってみようと、思いたったことなのだ。ただ、そのまえに、ざんげと聖体拝領に夜があけたら行こうという約束が、まだゆうべの爆撃のさいちゅうにしてあったので、そのとおり、ハーニャと連れだって教会へいっしょに行った。そのあとで、歩いてシフィーデルにむかったわけだ（なぜ歩いたかって、鉄道の線路が爆撃でめちゃめちゃに破壊されて、汽車が不通になっていたうえ、軽便のほうもいつくるというあてがなかったからだ）。途中まですこしハーニャが送ってきてくれた。朝、少々いやなことがあって（まだ聖体拝領のまえに）、ふたりでいっしょに泣いたのだったが、それでも、まだ気分がはれず、気もちはずっと沈んだままだった（わたしがこうしてシフィーデルまで歩いてゆこうと思いたったわけは、姉がどうするか、いつワルシャワへたつか、なにかうちから知らせはなかったか、とにもかくにも、ようすが知りたかったからにすぎない）。そのときには、2時間あとには、またもどってくるつもりでいたのだ。ハーニャも別れぎわに念をおした。「忘れないで、きっともどってきて」。それから、こうも。「何時に帰るかはっきりわかってたら、ほんとに迎えにくるんだがなあ」。そういって、最後にもう一度お別れの熱いキスを残すと、ひきかえしていった。

あとはもうたったひとりで、半時間ほども歩いたろうか。軽便の駅のところまでやっとたどり着いたとき、子どもたちの声が遠くからもう聞こえてきた。近くへよって見ると、なんと目ざす林間学校の一団なのだ。子どもたちは3両の貨物の箱に乗りこんでいるところだった。わたしの姉ももう駅にいた。それまで、林間学校がこうしてワルシャワにひきあげるということなど、ぜんぜんわたしは知らなかったのだ（予定は8月8日までということだったのだから）。そこで、ポプジャといろいろ話しあった結果、いちおうわたしはオトフォツクまでもどって、なにかうまいチャンスでもないかぎり、あす母かだれかうちの者の迎えにくるまで待つということにした。けれど、いよいよもうふたり別れ別れになろうというときになって、急に姉がたずねた。「やっぱりいっしょに帰らない?」。わたしはもう考えるゆとりもなにもなく、すぐさま車にとび乗った。荷物がそっくり置いてきてあったけど、もうしようがない。荷物などどうにでもなるが、こんな機会はまたとこないかもしれないもの。利用しないなんてうそだろう!!

道中は、それこそ、ものすごい騒ぎだった。途中であったことをそのまま書きしるすのもむずかしいくらいだ。屋根のうえの場所まで力ずくの奪いあい。わたしは林間学校の子ども用の箱の一つにのっていたが、身動きひとつならないすしづめで、息もできないくらいだった! それでも、頭のうえがまだこんなにあいているんだから、これでもそれほどの混雑とはまだいえないんだそうだ。駅では止まるさきざきで押しあいつきあい。まるでもう目もあてられない。むりやりに車のなかになだれこんできて、すんでに子どもたちを押しつぶさぬばかり。小さい者をつきまくり、押したおし、どなり、わめく。軽便が通ってゆくと、道ゆく人という人がみな、いいあわせたように、たちどまってながめていた。こんなすさまじい混みようは、きっとみぞうのことだったのにちがいない。

みちみちずっと、オトフォツクのこと、ハーニャのことばかりが思われた。うちに着いてからも、ひさしぶりに父母といっしょになったというのに、なにかさびしくて、さびしくてならなかった。ハーニャのいなくなったことが身にしみて、ひしひしと感じられた。どんなにハーニャと話しあいたいと思ったことか。しかし、それはもうできない相談だ。ただ手紙がいまは書けるだけ。それで、帰るとすぐ、ハーニャにあてて手紙を書いた（1時間後に姉がオトフォックに行くはずだったのだ）。返事も姉はもって帰った。ハーニャの手紙はしごく短いものだったが、その文面だと、姉がひどくいそいでいたので、これ以上書く暇はなかったのだという。けれど、この短い手紙がわたしにはどんなに慰めになったことだろう！　ハーニャはゆうべ長いことわたしをじっと待っていてくれたのだ。それがいよいよ待ちぼうけとなったときの心配やら、わたしのいないさびしさやらが手紙にはしるされていた。近いうちにまたたよりをするということだが、郵便で送れるかどうか、あてにはならない。もうあっちでは郵便局がしまったままだ。ああ、ハーニャ!!　なぜ、なぜわたしのそばにいてはくれないの！――

いったいそれほどまでにして？

■7月27日　木曜　床についている。ひどく気分が悪い。それに、くたびれてもいる。夜、また空襲があって、眠れなかったのだ。今度はすぐ近くに爆弾が落ちるという騒ぎだった。空襲は2回にわたってあったが、最初のときは（短くてたいしたこともなかった）、わたしたちはみな住居を出て階段のところ（退避所のかわりをしている）にすわっていた。そのあとで、わたしたちがもう寝床のなかにはいっていたとき、二度めのずっとひどいのがきたのだ。うち全体がグラグラゆれた。それなのに、わたしはまったくおちついたものだった。気分がおそろしく悪く、熱が38度からあったというのに、いままでについぞないくらい、しゃんとしていた。そして、この熱のせいで神経が、うまいぐあいに、こんなに太くなっているのだと思いあたると、おかしくって、ひとりでケラケラと笑ってしまった。ゆうべは、とりわけ、オトフォックがひどく爆撃を受けた。むこうでは、いまごろみんなどうしているだろう。気になってならない。

■7月28日　金曜

いや、まったく、もうまる1週間もこうして、毎晩毎晩、爆撃、爆撃ではやりきれない。けれど、みんなのいうには、まだまだひどくなるんだということ、いまに、一日じゅう頭のうえに爆弾の降る日がくるそうだ。カルチェフ（オトフォックから4キロ）が占領されたらしい。もうじき流血のときがくる——もうじき……いまこうしているまにも。戦いの時の高らかに告げられる日が迫っている。[48]きょう姉の女の友だちがひとり別れを告げにきた。もうその持ち場に召集されているのだ。ほかにまだいとこ（おばのむすこ）もひとりやってきた。ああ、こんなにも多くの若いいのちが……いったいそれほどまでにして？……いや、いや、祖国——祖国のためだ！　われわれはためらってなぞいられない——「すべてを祖国にささげる」のを。そのあたいなどたずねてはならない。——じき戦いの時が高らかに告げられる。だが……だが、いったい勝算は？……勝利は、そう、勝利の栄冠はわたしたちのもの——もしその信念を失わず、奪うためではなく、ただ祖国を守り、祖国の土から敵を追うためにだけ戦うならば……戦う決意をかためるならば！　ああ、そのあたいなぞたずねまい！……信念と希望をもって戦いにのぞもう。——祖国のために！

破壊されるワルシャワの街。1944年に撮られた写真（写真　アフロ）

いま午後9時30分。寝にゆく気にはなれない。寝たところで、また、しかたもないのだ。わたしたちの観測によれば、あと30分でまたまた爆撃が始まるはず。こうして洋服を着たままだから、地下室にはいつでもおりられる。もっとも、おりてゆくのはいいけれど、ただ数時間たってからもう一度うちの戸がくぐれるものか、どうか？　なにひとつまるでわからない。なんだって、いまは、考えられないってことがない。ほんの幾時間かそこらのうちに、いまこうしてわたしのすわっているこのうちがもう立っていないともかぎらない。いま日記をつけているこの帳面がかげも形もなくしていないとはいいきれない。このわたしさえ、生きているかどうか……ああ！　じっさい、やりきれない。やりきれない！

■7月31日　月曜　きのうは日曜だったが、ずっと寝床についていた。また病気。きょうも横になったままだ。土曜から日曜の夜にかけては、まるっきり眠ることもできなかった。砲撃、射撃のすさまじい音がひっきりなしにひびきどおしだったのだ。ボリシェヴィキはもうオトフォツクを落とし、ラドシチまできている。ラドシチはワルシャワからたったの15キロ。大砲のひびきがもう一日じゅう聞こえる。解放の日はまぢかだ。

（1ページ分あけてある）

武器を手に立つ、その時が！

■8月1日　火曜

いよいよその時が告げられる。バルコニーにわたしはすわりっきり。3時半だ。30分後[49]には蜂起の火ぶたが切られるはず。あした、ここからもうドイツ人がいなくなってしまえば、どんなにせいせいすることだろう。けさは、ボリシェヴィキ[50]がもうワルシャワのプラガにはいってきた。もっとも、これはほんの先発部隊にすぎないけれど。ドイツ軍がこれに反撃を与えた。どうも腕時計のほうにばかり目がゆく。ああ！　もうあとたった15分。まもなく血が……血が流されるんだ。

闘いに駆り出された少年
（写真　Roger-Viollet/アフロ）

きょうは朝からずっといやな天気だった。

おやみなしに雨が降りどおしだったのだ。それが、にわかに日が顔を出して、いまはもうそれこそすばらしいお天気。これから祖国のために戦う者たちに力と希望を与えるために、太陽が照りだした――ふっとわたしはそんなことを考えた。

ブルルッ!!　すごいのなんのって。正真正銘の戦争だ……たえまない射撃の音。手榴弾(しゅりゅうだん)やら小銃、拳銃(けんじゅう)、機関銃のたまの炸裂(さくれつ)する音が聞こえてくるたびごとに、胸がふるえる。そのたまにだれかが倒れはしなかったろうか――だれか近しい者が？　味方の者が？　こう考えると、もう身ぶるいがとまらない。わたしはひどく興奮している。いま聞こえたあの銃声はもうこの通りにちがいない。いままでに起こるはずのことは、すべて起こったという。マルシャウコフスカがはじめだった[51]そうだ。ああ！　この戦いには、こんなにもたくさんの知りあいの若者たちが参加している。かれらが勝利をおさめ無事でいるのを、わたしは喜べばいいのだろうか？　それとも、かれらの魂のために祈らなくてはならないのだろうか？……

手がふるえる。なんていう興奮のしようだろう。ずっとわたしはバルコニーの戸口のところに立ったまま、いや、横になったままでいる。この通りには、もう味方の兵士たちがやってきた。夢ではない！　どの腕にも赤白そめわけの腕章がまかれている。ついいましがた、ドイツ軍からぶんどったばかりの自動車が走ってきたが、その車のうえにもやはり白赤二色そめわけのポーランドの国旗がひるがえっていた。車はとなりの門のなかに止まった。むかいには機関銃が1台すえつけられている。ああ！　いったいうまくゆくだろうか？　ほんとうに勝てばいいんだが！　戦闘はもうわたしたちのすぐ近所でおこなわれている。ジェルナとバグノ通りのかどにあるドイツ軍の建物を占領したそうだ。ひっきりなしに爆発と射撃の音。なにもかもゆれる。

闘いの激しさを物語るポーランド国旗（写真　Alamy/アフロ）

またまたわたしはバルコニーに出ていたのだが、さっき熱をはかってみたら、38度もあるというので、外（バルコニー）に出るのをとうとう禁じられてしまった。それで、いまはベッドのなか（もちろん、これも反抗しぬいたすえのことで、ベッドにはむりやり押しこめられてしまったのだ）。でも、ほんとうは、おそろしく気分が悪い。ドイツ人がひとりうちのまえで殺された。逃げようとしたのだという。

わたしは気もそぞろ。なにを書いているのかもわからない。興奮しているせいだ。うちのまえの通りをもう看護婦たちが負傷者をはこんで走りまわっている。みんな若い娘ばかり。こんなときに病気をするなんて、残念でたまらない。アラ、火事だ！　燃えている。空がまっかに焼けて……たぶん停車場だろう。ああ、神さま！　あしたまでわたしたちは生きていられるでしょうか？

どんな恐ろしい夜がくることだろう!!

ついさっき耳にしたばかりなのだが、この通りを自転車に乗って横ぎっていったひとりの男が、門のなかにいた味方の兵士に手榴弾を投げつけたのだという。手榴弾が爆発して、死人がでたかどうか、そこまでは知らない（マリシャは大急ぎでこれだけいうと、すぐにさきへと飛んでいってしまったのだ）。いま母がきての話だと、門のなかにいた兵士たちはみんな無事、自転車の男は殺されたとのこと。スパイだったそうだ。

いま外で叫ぶ声が聞こえる。水道がとまるから、水をくんでおくようにというのだ（叫んでいるのは門番のおかみさん）。電気もこなくなるはずだ。

ああ、まったく……ほんとうにこれは戦争なんだ。

恐ろしい！……恐ろしいことだ！……意志の力をふりしぼろうとする……けれど……力がない。なにしろ、病気なんだもの!! おお、神さま、お救いください！ お助けください！ 戦うポーランド人たちにお慈悲をおかけください!! もう書くことができない。休まなければならない。もっとも、あかりももうじき消える。いま9時。すこし横になろう。そして、すでに倒れた人たちのため、また、大きな危険にさらされていま戦っている人たちのために、祈りをささげよう。

ポーランドの国旗がひるがえっている!!

■8月2日　水曜

すさまじい夜だった。身ぶるいのとまらぬほど、残虐な恐ろしい夜だった。けれど、いまはもうだいぶまし。一晩じゅう眠れなかった。しかし、なにもわたしだけがそうだったのではない。ワルシャワじゅうどこも同じことだったのだ。それでも、10時から12時までは静かだった。ただそのかわり、熱にうかされたように人々は働きつづけた。すぐそばの通りでは、バリケードがきずかれた。だれもかれも（動けるかぎりの者は）あちこち走りまわって、家具やその他さまざまな道具をはこびだしたり、歩道をおこしたり、土をもったりした。12時にはもう撃ちあいが始まっていた。わたしたちの住んでいる建物のなかに赤十字の仮包帯所があった。わたしは負傷者のためにベッドをあけ渡した（わたしはというと、もう病気などふきとんでしまった）。包帯や看護材料の用意を手伝っているうちに、いつか夜が明けてしまったのだ。そのあいだもずっと、銃声、砲声の伴奏はやまなかった。バルコニーに出ると、火事の炎にやけて、空はいちめんまっかにそまっていた。あたりはその火事のあかりに照らしだされて、本まで読めるくらいだったが、あとになって、雨が降りはじめ、やっとのことで火は消えた。

けれど、ゆうべのことは、もうこれ以上は書くまい！　なにしろ、きょうもまたこんなにたくさん書くことがあるんだもの。

姉は負傷者の看護に出ていった。それを見るにつけても、くやしくてくやしくてたまらない。きょうもわたしは熱があるのだ。けど、もうベッドには寝てはいない！　どういわれたって、こんなときに、じっとおとなしく横になったまま、がまんなぞしていられるものじゃない。撃ちあいの音がたえまなしに聞こえてくる。とにかく、なにもかもうまく事はこんでいるようだ。

けど、まあ、ほんとうにどうだろう！　なんてすてきなニュースだろう！　まったくすてき！　うれしいのなんのって、こんなうれしいことはない‼

道端に設けられた手作りのバリケード。上部に描かれているのはドイツのポーランド総督ハンス・フランクとみられる（写真　Alamy/アフロ）

ついいまさっき、通りを伝ってニュースが流れていったのだ。知らせていったのはどこかの兵隊だったが、それによると、ボリシェヴィキはもうワルシャワのゾンプコフスカ通りにまで出てきているうえ、二つの橋がまたわれわれポーランドの兵士たちの手におさえられているから[52]、いつでももう好きなときに、シルドミエシチェ（中央街区）へソヴィエト軍ははいってこられるというのだ。なにもかも思いどおりにいっている。わーい‼　万歳‼　まったく……まったく勇敢な若者たち……もうワルシャワじゅうがわが軍によって制覇されているんだそうだ。

雨が降っている。

バルコニーに立って、おもてをながめていると、ちょうど、ひとりの女が走ってゆくのが目についた。手にはパンと菓子のいっぱいにつまったかごをいくつかさげている。もうひとりの女がまた、そのあとから、熱いコーヒーをさげてつづく。兵士たちのためにとくにととのえられた食べ物だ。むこうのほうでも、もうとうにこれに気がついて、みんなで拍手をおくっている。そこにさきの女がついて、菓子をくばりだすと、兵士のひとりが、踊りのふりで、やにわにその女を横だきにするがはやいか、歓声をあげて、ぐるっと相手のからだをひとまわししてみせた。ほんとうに心のあたたまるような光景だった。

いままた兵士がひとりバリケードのうえにのぼって、通りいっぱいに届くよう、のどをふりしぼって叫んでいる。

「ナポレオン広場[53]がわが軍の手に落ちました！　ワルシャワを一目に見おろすあの高層建築

の屋根のうえに、ポーランドの国旗がかかげられました。ポーランドの旗がひるがえっています!!……」
白赤そめわけの旗……国旗……ほんとうかしら？　喜びのあまり、みんないっせいにこのニュースに喝采(かっさい)をおくる。

あっ！　なんだろう？　すさまじい爆発の音！……たったいまのことだ。どうしたのか、見にゆくことにする。

いまわたしたちの体験し、経験していることは、とてもとても筆にも口にもつくせない。この2時間ほどというものは、入れかわり立ちかわり敵の戦車にむかって攻撃がくりかえされていたのだ。それで、あんなものすごい爆発音があがっていたというわけだ。けれど、なによりなのは、いいニュースがあること!!　これがなければたまらない!!
もうこれ以上は書きつづけられそうもない。だって、いまにももう目がひっつきそうなんだもの。いまちょっと静かになったところ。それで、このおりを利用して、すこし眠っておこうという算段。夜は夜で、またなにがあるかわからない。きっとあたりまえには寝られないにきまっている。だから、ほんのちょっとでも（この静けさも長いことはない）、うたたねしておこうというわけだ。

ついいましがた、味方の兵士が捕虜をつれて通っていった。拍手喝采で通りじゅうがわきかえった。

通りの門という門に旗が出る。つぎつぎにかかげられてゆく旗――5年ぶりにいまこうして！……

5年ぶりにふたたび白と赤にそめわけた国旗が風にひらめく。旗が立てられるたびに、わたしたちは歓声をあげ、拍手をおくる。なにもかもどうやらうまくはこんでいるとのこと。いや、思いどおりにといっても、さしつかえないほどだそうだ。若者たちの勇敢さは目をそばだたせるものがある。しかし、女だといって、若い娘だといって、なにもそねむことはない。女たちも勇敢なことではひけをとらない。いたるところで、看護婦として、偵察員として、伝令として、いや、それどころか、兵士としても活躍している。じつにけなげにがんばりとおしている。たまが雨あられと降るなかを通りをかけまわり、負傷者をはこび、敏捷機敏にてきぱき任務をはたすのだ。

10時にはなにかができるはず。いまは9時。あともうちょっとのしんぼうだ！　いままたたまがとびかいはじめ、すさまじい轟音があたりにひびいている。

それに、また、通りでは新しい通報がくばられている。おや！　みんな奪いあいだ。きっと最新のニュースがあるんだわ！　ニュースを伝えてくれるものといったら、この「通報」しかない。この仕事もまた女の手でおこなわれている。いまここでこの新聞をくばっているのも、どこかの若い娘だ。

市民諸君に栄光あれ！

■8月3日　木曜　戦闘はこちらの思いどおりにはこんでいる。ワルシャワのはずれには、森のなかから出てきたポーランドの人民軍(54)と、それに、ボリシェヴィキとともに進んでいるポーランド国軍(55)がもう待機している。わたしたちはというと、あいかわらず撃ちあいのただなかでくらしている。しかし、こんなことはなんでもない!!　ほんとうに、たいしたことではない!!――そんなことより、かんじんなのは、たえずなにか新しい発表があることだ。通報員が現われるごとに、喜びの声があがる。なにしろ、ニュースなんだ。けなげな女たちがたまのとびかうなかを新聞をくばって歩く――新しいほやほやのニュースを。

わたしたちのまむかいの門のうちに、味方の戦闘本部がある。そこの兵士たちの戦いぶりはめざましい。バルコニーと門のかげから、すこしばかりかれらを観察した。たえず戦車に攻撃をかけている。もう4台も戦車を捕獲した。勇敢な、しかも、正確な射撃のしよう。だれもかれもがきわだった戦いぶりだ。

姉のボプジャはもう看護婦として病院にいる。いや、それはそうと、もうこれ以上書いているわけにはいかない。わたしのことを呼んでいる……

「通報」（新聞）が2枚[56]ある。日記にはさみこむことにする。もう6時だ。

通　報

1944年8月2日戦闘中の布告

市民諸君！

ワルシャワ解放戦の火蓋が切られ、いまここ目前にくりひろげられている情景こそ、一つの偉大な驚異といえよう。なににもましてまず欣快にたえぬのは、ポーランド婦人が死の恐れさえものともせず、先を争って遂行のもっとも危険にしてかつ困難な任務に服し、もって、独立ポーランド回復のための戦いのさなか、自由を愛する者に率先、範をたれている事実である。

かくもうるわしくけなげな精神の婦人が大量にポーランドの公的生活の舞台に進出しているかぎりは、わが国の将来には露ほどの憂いもない。かかる事実は先の時代にまったくその例のみられなかったことである。かような婦人を生み育てた親、教師、また誉めたたえられてしかるべきであろう！

しかるに、男児、わが国内軍の兵士はというと、これまた、ただただ感嘆にのみ価する。幾多の兵士たちを指揮してきた小官の長い軍隊生活の経験からいっても、かかる情熱、勇気、不屈の闘志を兵士各自の発揮した例はかつてなかった。

服務規定や階級章によって細部まで統一されている軍隊とはことなるにもかかわらず、わが軍のうちには、信頼が命令への服従となる、あたかも理想社会におけるがごとき規律があまねくゆきわたっている。

われわれは新しい歴史の時代、軍内部の新しい秩序の時代に一歩足を踏みだしたのだ。われわれすべての者にとって最高の法となるものは、祖国への奉仕であり、また、われわれを鼓舞するものは、同じ一つのポーランド精神にほかならぬのである。

兵士諸君！　諸君のおおしい活躍をたたえることばを小官は知らぬ。首都解放の戦いのこの苦しい時にあたって、われわれはあくまでも不撓不屈の情熱の火を燃やしつづけよう。ドイツ軍が微塵と土に砕けるまでは、この町の建物の敷居のはてにいたるまで、わが軍は攻撃のとりでとして戦うだろう。

市民諸君に栄光あれ！

首都ワルシャワ軍管区司令官
モンテル(57)

いつになったらこの花を兵士たちに……

■4日　金曜　きょうはまるで書く気がしない。いいニュースがちっともないのだ。若者たちはとても勇敢にがんばりつづけ、新しい拠点まで占領しさえしたのだが、しかし、いったいそれがどうなるというのだろう？……もう弾薬がつきかけている。おまけに、ボリシェヴィキからも、イギリスからも、いっこうなんの援助もない。そのかわり、ドイツ軍のほうが反撃に出てきた。

きょうは美しい天気。そこで、やっぱり、爆撃に機銃掃射が始まった。くやしいが……これには味方は手が出ない。高射砲がないのだ。それをいいことに、あの恥知らずの鬼どもは高度をぐっとさげ、好きなだけ機銃掃射までするしまつだ。イギリスかソ連の飛行機をたえずもうじりじりと待ちうけているのに、いっこうだめ。わたしたちのうえを舞い舞っているのは、ただドイツの黒いカラスばっかりなんだ。きょうはもう数度、退避所におりた。それでも、飛んでくるのは、さいわい、爆撃機ではなくて、小型の軽飛行機だもので、ごく小さい爆弾しか落としてゆけない。――しかし、こんなことでわたしたちはくじけたりはしない。まして、兵士たちはなおのこと……かれらの士気はめざましく、口々にいうところでは、日曜にはもうなにもかもかたがつき、ピウスツキ元帥広場[58]でかれら（AK[59]の部隊）の目もさめるような閲兵式（えっぺいしき）がおこなわれるだろうというのだ。ああ、まったく、わたしたちみんなが、そんな日の――そんな静かな（戦争のない）はなやかなめでたい日のくるのを、どんなに待ちこがれていることかしれないいんだけど！……

また2か所で火の手があがった。

「通報」の発表をはさみこもう(60)。ほやほやの新しいニュースが出ている。
いま9時。すこし静かになったので、腰をおろしたところ。しかし、なにもすることがない。それで、いまちょうどこの時間にだれがなにをしているかと、考えてみた。わたしのお友だちはみんなどうしているんだろう？　だれがどこにいるのか、いったい生きているものか……オトフォックのことも思いだされた。そこですごしたすばらしかった日のことがなつかしまれる。けれど、もうそろそろ終わりにしなければならない。ロウソクが燃えつきそうだからだ（電気はこない。発電所は味方の手にあるというのに、石炭がないのだ(61)）。

まだもうちょっとランプのそばで書くことにする。ついさっきバルコニーに咲いている花をながめて思ったのだが、まったく、いったいいつになったら、これからなん時間したら、なん日たったら、この花を手折(たお)って、通りを行進するポーランド軍の列のなかに投げてやることができるのだろうか――ワルシャワを守るため身をなげうって戦い、この町を解放した兵士たちのために。

通りのかどに歩哨(ほしょう)が立っている。夜の闇のなかからひびいてくるその声を聞くのは、なんともいえず頼もしい！「だれか、そこを行くのは？」――まがいもない力強い祖国の声、ポーランドの声だ。おかげでわたしたちはこうして安心していられる。5年ぶりでなんの心配も不安も感じないですむ。なぜって、しっかりと守られていることがちゃんとわかっているからだ。

■5日　土曜　情勢はしだいに悪くなってゆく。退避所に一日じゅうわたしたちはすわりっきり。ドイツ軍の爆撃がたえまなしにつづく。

最後の血の一滴の流れつくすまで

■8月6日　日曜　どうにもやりきれない夜だったのに、昼は昼でまたすごいともなんともいいようがない。いったいどうなるのだろう？　ああ！　さきのことなど思ってみるのもいやだ。考えたくない。なにひとつ考える気がしない。しかし、いずれにせよ、ポーランドが自由になる日をこの目で見ることは、とてももうできそうもないという気がする。退避所にすわったまま、わたしたちは死ぬ覚悟をしている。ウクライナ人[62]が押しこんでくるところでは、ひとり残らずみな殺しに殺されるのだ。いまはもうこの世から人間がいなくなってしまったのではないか、というような気までする。まわりはどこもかしこも燃えている（ドイツ人は焼夷弾（しょういだん）を落とすのだ）。くずれた煉瓦（れんが）の山のしたから、かろうじてはいだすことのできた人たちが逃げてゆく。ドイツ軍にはヴォラのほうから援兵がきている。[63]だが、われわれは？……わたしたちにはどこからも助けはない。だれもかれもがこんなにも助けを求めているというのに……

ほんとうに、わたしたちはもうあわれみひとつかけてはもらえないのだろうか？　まわりはただいちめん、もののこげるにおいと、それに、立ちのぼる煙ばかり。いまとなって、ゲットーのこと、身を守って立ちあがり全滅するまで戦いぬいたあのユダヤ人たちのことが思いだされる。今度は、わたしたちが同じような末路をたどるのだろう。

5年ぶりにやっとどうやらとりもどしたかと思われたこの自由が、またまた、わたしたちの手からすべりぬけてゆこうとしている。とってもほんとうとは思われない!!　なんとか……なんとかして援助が!!　ああ、奇跡が!!……

まだこれでもわたしたちは苦しみたりないというのだろうか？——こうしてこんなめをなめさせられているのも、やはり、身からでたさびだとでもいうのだろうか？　絶望がいまワルシャワの空をおおっている。しかし、それでも、わたしたちは戦いつづけよう！——ひょっと最後の瞬間に助けがこぬともかぎらない。さもなければ、最後の血の一滴の流れつくすまで、戦うばかりだ。

通報を待っている。――もしかすると今度はいいニュースがあるかもしれない。

ああ、神さま、神さま！　わたしたちをお守りくださいさい、おさばきくださいさい、お助けください！

まわりはただ炎、ほのお……

火の粉にまじり、血煙にぬれ、
たちのぼる声、祈りの声……
嘆き、うめきがいまわのなごり……
その声に髪もさか立つ。
嘆きこそ、ああ、われらの歌。
ひたいに伸びるイバラのかむり。
神の怒りを碑にきざむごと、

高く天にのべられた手。[64]

日曜だけれど、わたしたちはそんなことなどまるで知らずにいる。昔いつだったかそんな静かな日もあって、ゆっくりと休んで、のどかに一日をすごしたなどとは、とてももう信じられないくらい。日曜などはわたしたちはすっかり忘れてしまっている。そして、思いだすときには首をかしげる——いつかまたこの世で戦争のないほんとうにのどかな日曜をおくるようなことがあるだろうかと！……

神さま、お助けください！　お力をおかしください！　こんなにもあなたにお願いしているのです——あの勇敢な兵士たち、うら若い青年たちを見殺しになさらず……どうか、どうかご庇護(ひご)をたれたまいますよう！

ああ、また退避！　空襲だ!!……

■8月7日　月曜　待って……待って……待ちぬいて……そして……ああ、なんてこと、なんの助けもないなんて。味方の軍隊はまだまだみごとに戦いつづけている。だが、ボリシエヴィキはいっこう動く気配もなく、ドイツ軍ばかりが反攻に転じ、爆撃をくりかえす。ここにもかしこにもたえまなしに火の手があがり、所によっては、町ぜんたいが火の海に包まれてしまっているほどだ。食料のたくわえもそろそろ切れかかってきている。

「なんだ、これっぱかしのこと」――きっとじきに援助がくる。くじけてはだめ。力を落としてはいけない。みてみるがいい――味方の兵士が、若者たちが勇敢無比の抵抗をしめして、どんなことがあってもくじけようとはしないのを。わたしたちが希望をなくしかけているなんて、それこそ恥だ。しっかりしなくてはいけない。がんばらなくてはならない。なにもかもよくなるという強い信念をもちつづけていなければ。――どんな戦い、どんな試みにしても、うまくいくときもあれば、いかぬこともある。悲劇に終わることもあれば、笑いでもって幕を閉じることもあるのだ。信じなくては――このいまの瞬間、こんないまの気分など、それこそ、あとかたもなく過ぎてしまうと！

自由か、死ぬか、どっちかだ!!

■8月8日　火曜　わたしたちが立ちあがってから、もう1週間。わたしたちのもくろみは挫折した。わたしたちのうち、兵士たちのうちだれがいったい思っただろう――この戦いが2、3日以上もつづくことになろうなどとは。それが、まるで裏はらなことになってしまった。しかたがない。神さまのみこころだ。それに、いまだけの感じかもしれないけど、1週間もするうちには、ひょっとなにかが変わってきそうな気もする。自由の光がわたしたちを照らしだしそうな……あの太陽の七色にきらめく明るい美しい光のように……

さしあたり、きょうのところは、情勢がすこしよくなってきている。なによりなのは、爆撃がないことだ。静かだ。きのうたえまなしにつづいたものすごい耳も聾(ろう)するばかりの爆撃のあとでは、ひとしお、この静けさがわたしたちにはこころよい。が、それと同時に、同じその静けさがもとで、神経をたてることにもなる。なぜなにも起こらないのだろう？ 異常なほどのこの静けさはなにを意味するのだろう？ と気をまわすのだ。まったく、いまは日常ふだんいらいらとたえず神経ばかりたてていなければならない。なににせよ、なにかをすることがむずかしいのだ。わたしたちは神経そのもののようになってくらしている。いちばんいいのは、仕事をなにかすることだとわかってはいるのだけれど、それをしとげることができない。文字どおり、なんにも手のつかないようなことがちょいちょいある。そして、思うことといったら、たえずただ一つのことばかりで……じっさい、頭もヘンになってくる。わたし自身はまだそんなにいらいらもせず、神経もすりへらしてはいない。なにしろ、本が読めるくらいだ。けれど、ほかの人たちは？……

今度の戦いは、生きるか死ぬかの戦いだ。ワルシャワが勝利をおさめるか、それとも、敗北を喫するか……もしそうなったら……わたしたちはみんな死んでゆくよりないだろう。わたしたち女はいざ知らず、男たちはそれこそもう兵隊だろうが、なかろうが、残らず殺されてしまうだろう。万一、負けたそのときは、男という男はみながみな命はないのだ。つまり、今度の戦いは生きるか死ぬかだ。自由をかちとるか、死んでゆくかのどっちかなのだ……

9日　水曜　つくづくきょうは日記をつけたくない。新しいニュースはまるでない。きょうも静かだ。ただときどき、どこかそこらをさ迷っている「トラ」[65]のやつが、わたしたちをおどそうと、火砲のおとがいを開いて咆哮(ほうこう)し、あたりの静けさをかき乱す。けれど、こちらの兵士たちの影を見るがはやいか、あたふたといっさんに姿をかくす。こりているのだ。もし逃げなければ、ちょっぴりガソリンのお見舞いにあずかって、――ハハハ！――火をふいて、おだぶつになる。

わたしはいまほとんどなんにも仕事がない。もしもいまよりたったの二つでいいから年がよけいにいっていたら、そう、ちょうどわたしの姉のように、病院で看護婦として働くこともできるんだが……つまらない。なににせよ、なにかをすること。いまのところ、日に2、

3時間、門の当直[66]と防空班の仕事があるっきり。ほかになにもすることがない。すわって本を読んで（もし注意さえ集中できれば）、少しばかりそこらをかたづけて（少しばかりちらかして）、煮たきをして……けれど、ほんとうのところは、なにひとつしているわけじゃない。ただ待っている――一日じゅう。みんなが待っているように、待っている。――これからまだ起こるはずのこと、さきのこと……それだけ……ただそれだけを待っている。

ついいましがた拡声器の放送を聞いた。わたしたちの通りには、もう拡声器がすえつけられているのだ。ラジオはすぐ近く（となりの建物）にある。ああ、こうして5年ぶりでラジオを聞く[67]のは、ほんとうに、ほんとうに楽しい。まったく、この5年間の暗い生活のあいだに、わたしたちは、このような発明品（なんてまあすばらしい）があるなんてことなど、知らず知らずのうちにすっかり忘れてしまっていた。なにしろ、わたしたちには手の触れられぬ品だったのだ。それで、なんともいえぬほどうれしい思いで、わたしはラジオを聞いている。それも、こそこそ隠れたりなどせず、わが軍によって守られているポーランドの町のその通りの、ポーランド人の住むうちのなかで、こうして堂々と聞いているのだ。

おなかがひどくペコペコ。晩は雑穀のご飯か、さもなければ、なにかのスープ（ひどくうすくて水のようなの）が少し出るはずだが、まだ間がある。戸だなという戸だなをのぞいてまわるが、あいにく、食べ物はなにもない。パンのひとかけさえないしまつ。白パンどころか、黒パンなどというもののあることも、人はもう忘れてしまった。

きょうもおだやかな日だ。砲撃や射撃の音は聞こえるけれど、爆弾は降ってこない。

■10日　木曜　なにも変わったことはない。その「なにか」の起こるのをこんなにも待ちきれぬ思いで待っているというのに……情勢はよくもならなければ、悪くもならない。ドイツ軍は退けるところからは兵をひき、囲みをとけぬところでは腰をすえて、なにやらじっと待機している。いっこう攻撃に出てくる気配はない。どうしたことか、空襲もいまはない。

ヴァヴェルスカの52／54番地にウクライナ人が押しいって、そこの住民を（女も男も子どもまで）みな殺しにしたという。なんとも残酷な話だが、ドイツ人とその親友たちにとっては、いともふさわしいやりくちだ。べつに驚くことはない。なにしろ、ドイツ人のことといったら、もうなにからなにまですっかりわかっているのだ。

それでも、このことがひどくわたしの気にかかる。というのも、ヴァヴェルスカ通りの50

番地にはクリスティナが住んでいるからだ。かわいそうに、どんな恐ろしい思いをしたことだろう！[68]……

祖国のため、ワルシャワのため

■11日　金曜　きょうはほんとうにいい知らせがある。ほかでもない。「イギリスから援助の手がさしのべられ、もういますぐにでもそれがあてにできる」のだ！　みんなたいへんな喜びようだ。わたしたちは、ひきつづき、もっといいニュースのはいるのをいまかいまかと待ちうけている。大きな希望の火がまたともった。なにしろもう破局に近づいていたのだから。それに、ゆうべ大量に武器が空から投下された[69]。これだって、どんなにありがたいかしれやしない。

ああ！　また砲撃が始まった‼

弾丸がうなりながら飛びかいはじめたので、表のへやからわたしはあわてて逃げださなければならなかった。——けれど、それにしても、書けないこともあるものだ。自分のこの日記帳にさえ、隠さずにありのまま、なにもかもぶちまけていうことができないなんて……ああ！　ときには、こんなに苦しいこともあるものだろうか。自分でもどうしようもない。そして、ためらいにためらったすえ……まったく、なんともやりきれないことだ……

■12日　土曜　飛行機という飛行機をわたしたちはそれこそこがれる思いでながめている。爆音にじっと聞きいっては、イギリスのではなかろうかと、考えるわけだ。なにしろ、イギリスの飛行機をわたしたちは待ちこがれている。ときには上空に爆音が聞こえ、ドイツのではないとわかるものの、かんじんの飛行機のほうが影もかたちも見えないことがある。そんなときには、わたしたちは、せっかく飛んできた飛行機が見られないというわけで、高度をさげる勇気もないなんてと、むかっぱらをたてる。いずれにせよ、ワルシャワの空を低く飛んでいる飛行機といえば、そのほとんどがドイツのだから、まったくおもしろくない。なぜって、くればかならず「行きがけの駄賃に」なにか一つは爆弾を落としてゆくからだ。もし調子にのれば、もう爆弾は雨あられ。

おそろしく退屈だ。しかも、悲しい――とっても、とっても。こんなにたくさんの若者たちがワルシャワで息つくまもなく働きつづけ、祖国のため、このワルシャワのために力のかぎりをつくしているというのに、わたしはまるでなんの役にもたたないのだもの。わたしだって、しようと思えば、なにかできないことはないんだけど……これがきっとわたしの運命なんだ。働きたい、働きたいとこんなにも夢みてきたものの、夢が現実となるのは、ごくごくまれなことでしかない。みんな（といっても、うちのなかのことで、父と母）がいうには、こんな仕事にはわたしはむかないんだそうだ。けど、わたし自身は自分の力を信じている。働いて、ほかの者とちゃんと肩をならべることだってできるんだ。わたしは臆病者（おくびょうもの）ではきっとない。たまもこわくなければ、いや、それどころか、死もこわくない。ああ、もしも姉のように病院で働くことができたら……従軍看護婦になること――これがいまのわたしの夢、最大の願いだ。けれど、どうしようもない。年がそれにはいかなすぎるんだそうだ。だが、わたしがこれで16になるころには、もうきっと戦争は終わってしまっているにちがいない。負傷者などはもうなくなっていて、わたしはまたまたなんの役にもたたずじまいになってしまうのだ。

――ハーニャのことがよく思いだされる。いまいっしょにいられたら、どんなに、どんなにいいだろう。けれど、それはできない相談。それで、わたしはひとり……ひとりぼっち。

■13日　日曜

きょうが日曜ということなど、まったく、ついつい忘れてしまいそうだ。

教会へ行くこともできない。きょうの日も、また、ワルシャワのいまのつらい苦しいふだんの日と、まったくなんの変わりもない。きょうはすばらしいお天気なので、もう朝から爆撃が始まった。けれど、ついいましがたのことだったが、もっと、もっとありがたいめにあわされてしまった。すぐ近く（数軒さきのところ）に、大砲のたまが降りはじめたのだ。それが、また、まったくの不意うちだった。にわかにすさまじい轟音が耳にはいったときには、わたしはちょうど寝台に横になっていた。それからというものは、もうひっきりなしに爆発の音。寝台からはね起きて、立ちあがると、今度はものすごい爆風がまともに吹きつけてきて、反対側の壁まで吹きとばされてしまった。正直なはなし、もう無我夢中で、なにが起こったのか、どうしたのか、まったく見当もつかないくらいだった（その爆発のすさまじかったことったら……）。うち全体がゆれ、ガラスが鳴り、ゆかはまがり、壁は落ち、それこそ、生きたここちはなかった。でも、5分かそこらして、やっとどうやら静かになった。通りをのぞいてみたが、それこそ一面のほこりとちりで、一歩さきがもうなにも見えなかったほど。通りからも、くずれたうちからも、爆風があるだけのほこりを空にまきあげたのだ。砲弾は建物を一つつぶし、通りにしょうしょう穴をあけた。——残りのは、みな廃墟（はいきょ）に落ちた。けれど、いまはもう爆弾だろうが、大砲のたまだろうが、火事だろうが、わたしたちの意気をくじくことはできない。味方はかならず勝利する（きょうは新しいドイツ軍の拠点が2か所も落ちた)。イギリスの援助もある。わたしたちは元気いっぱいだ。最後の最後までこの元気がなくなりませんように。

■14日　月曜、　きょうはなにも変わったことがない。ただ、夜のあいだ、あいかわらず武器の投下補給がつづいている。情勢にはとくに変化はない。それで、やはり、わたしたちの生活はというと、ひどくつらい。わたしたちはただ自分のため、祖国のため、よりよい未来のくるのをひたすらに祈って、待っている。

ワルシャワ、それは抵抗の意志

■15日　火曜、　きょうも情勢には、これといった変化はない。状況がめだって好転するというきざしもない。味方はドイツ軍のはげしい攻撃を幾回となく撃退したが、情勢はかなり険悪だといったほうがいいだろう。ドイツ人はまたまた焼夷弾砲で建物という建物をかたはしからうちこわし、火をつけてまわっている(それで、こんな恐ろしい音がする。うち全体がおどるしまつ)。ワルシャワの町という町がいま燃えているか、さもなければ、もう燃えてしまったそのあとだ。炎とすさまじい煙につつまれて、わたしたちはくらしている。家を失ってさまよっている数知れぬ人々……こうしていても目にはいるのは大量の避難民のむれだ。子どもをつれ、トランクや包みをさげ（もしもこんな危急のばあいにもなにか持ちだせたとすれば）、あわてて通りをよこぎってゆく。みんなおそろしいほどよごれによごれ、くたびれはてて足をひき、目は涙に泣きはらしている。なにしろ、ひと目でそれとわかるように、ドイツ人の占領した町々から身ひとつで、炎に追いたてられながら、やっとのがれてきたわけだ！　こうした人たちの苦しみといったら、まったく、なににもくらべようがない。ドイツ人――このむなくそ悪い野蛮人ときたら、その手に落ちたポーランドの民衆を、身の毛もよだつような恐ろしいやりくちで、痛めつける。男なら人質としてとらえ、女なら燃えさかる炎のなかにはなって、撃ちあいのただなかを逃げてゆくように命じる。男ばかりか女も、いや、子どもまで身がわりの人質にとらえることがある。そして、地下室にとじこめ、あとで銃殺にする。かろうじてそうしたなかから脱走することのできた者たちが、罪もない一般市民たちに加えられているこのかずかずの恐ろしい犯罪の話を、もたらしたのだ。それにまた、ポーランドの兵士が戦車に発砲できないように、進んでゆく戦車のまえにそうした女子供をはなって、追いたてたことさえあった。

その野蛮なこと、残酷なことといったら、もう言語を絶している。

ワルシャワはいまそれこそ恐ろしい——恐ろしいかぎりのことを経験している。それだけに、わたしたちもまたいっそうふるいたってはいるけれど……おそらく、このワルシャワは、いや、世界のどんな都会にしても、これまでに破壊され、焼きはらわれ、血にそんだことはなかったろう。英雄的だとはいえ、こんなに悲劇的な時は知らなかったろう。そうだ。ワルシャワのようなこんな町は、ぜひとも存在しつづけねばならない。いや、存在しつづけぬということはない。なぜって、ワルシャワは自由を忘れぬ町——どの人間にとっても、どこの国にとっても、もっともとうとい自由をいつも戦いとる町だからだ。

現在のワルシャワはそれこそ抵抗の意志そのものだ。血によごされてはいるが、英雄的で美しい。小さな小さな子どものはてにいたるまで、このワルシャワにいること、ワルシャワの戦いのうずのなかにいることを、心から誇っていいのだ。

記念すべき日、8月1日は永久に歴史のうちに書きとどめられることだろう。ポーランド人ひとりひとりの胸のうちにきざみこまれることだろう——ポーランド人がその祖国と都を敵の手から解放して仇(あだ)をそそぐすべを知っている勇敢で英雄的な国民だという証拠として。

■16日　水曜　きょうはたいへんいい日だ。朝から静かで、みんなの機嫌もたちまちよくなる。ニュースもすてきだ。毎晩、空から補給がある。武器はふえるいっぽう。火の手もおちてきているし、新しい建物にも火はつかない。「吠える牛」、つまり、焼夷弾砲のことだが、それもきょうはおとなしくしている。このごろはもうしょっちゅうのことだったというのに、ここ、わたしたちの通りにも弾丸のとんでくる気配はない。2軒さきのうちに拡声器があるので、ラジオの放送や、いろいろな歌とか音楽にわたしたちは耳をかたむけている。それで、陽気なくらいだ。ついさっきイギリスの飛行機を見た。2機。上空を高く高くとんでいたが、それははっきり見えた。日の光にはえて銀色にきらきらと美しく輝いていた。あのまっくろなドイツのカラスとは違って、こうして見ているのがとってもとっても楽しかった。

吹きとばされた！

■17日　木曜　毎晩のように空から武器の補給がある。情勢には変化がない。どちらかといえば、すこしよくなったくらいだといえよう。なぜって、ボリシェヴィキが急激に攻勢に出て、ワルシャワの町にむかって進んできているからだ。[70] きょうは（いまは朝）静かだ。

「おそろしい速さであらしは近づいてくる。倒し、折り、くずし、あたりを荒らせるだけ荒らすと、たちまちのうちにまた過ぎ去ってゆく。ただいたましく破壊のあとをそこに残して……」

ついさっき、じつにいやなことがあった。にがいにがい涙を流して泣いたほどだった。そのことについては、これ以上もう書きたくない。けど、まったく、この人生というのは、ときに、なんとせつなくつらいものなのだろう。「雲が日をかくすときのこのせつない思い」。心配や苦労なら山ほどあるこんな恐ろしいときだというのに、よけいな悲しみまでまだ見なければならないなんて！　いったいなんのため？……ああ、ああ！

（午後）機嫌がすこしなおった。すばらしい音楽が流れている。ついさっきまでラジオ放送があった。いまはすてきな音楽——行進曲や、軍歌がかかっている。心がはずみ、足がひとりでにおどりだしてくるほどだ。

なによりいけなかったのは晩だった。わたしたちの通りが焼夷弾砲の攻撃をうけたのだ。ブルルッ!!「吠える牛」……バルコニーにわたしは立っていた（だって、そんな気配なんかまるきりないほど、静かだったからだ）。そのとき、いきなり、まるで世界ぜんたいが燃えだしたかと思われたほど、あたりが一面にまっかになった。まったくのはなし、炎のかたまりが空を切って飛んでいるのだ。シュウシュウいう音、すさまじい爆風。つづいて、爆発の音、おと、音。いつもたまは6発だ。最初のは、爆風（まるでなにかとてつもなくはげしい吹きぬけ風のようだった）がわたしをバルコニーからへやのなかに吹きとばしたときに、命中した。つぎのたまは、そのへやから夢中で玄関のひかえの間にかけだしていったとき、当たった。それからあとのは、もう爆風と爆発の衝撃にたおされて、ゆかにべったり伏せているあいだに、つぎつぎと爆発した。なん分かしてようようからだを起こしたとき、目にしたのはまったくすさまじい光景だった。なによりもまず、ほこりとちりがまいあがり、あたりいちめん灰色、というよりほとんどもうまっくろで、ほんの十数歩さきがなにも見えないくらいだった。それに、ガラスというガラスが吹きとんでしまっている。けれど、わたしはもっとひどい光景を想像していた。ゆかからからだを起こしたとき、この程度ですんだのに、驚いたくらいだった。家も倒れ、わたしも廃墟のなかにいるものとばかり思っていたのだ。

それから、半時間ほどしてまたまた砲撃があったが、こんどはすこし遠かったので、建物はやっぱりガタガタゆれたものの、それほど大きな音はしなかった。最初の追撃砲の攻撃では、わたしたちのはすむかいにあるうちがくずされてしまった。

すべて祖国にささげよう

■18日　金曜　朝から空襲がうるさいほどくりかえされる。いまやっと静かになったところなので、なにか書こうと思っているところ。きょうはひどくわたしの気にいっている本から一部だけすこし書きぬいてみよう。『ニェメン川のほとり』[71]だ。そこに描かれているのは、いまのわたしたちの生活とくらべると、じつに静かでのどかな、しかも、うららかなまったく明るいくらしで、読んでいるうちに、その平和な気分がこっちの心にもしみこんでくるようだ。それに、とってもいい本で、気にいっている。ただ空襲やらなんやらが書くじゃまをしてくれなければいいいんだが！

「アマ色のおさげの髪を背にたらしたこの16の娘は、バラ色のほおを手のひらにもたせ、空色の目をあげて、前に立っている男の顔をみつめていた。すんなりといかにも姿のいいヴィトルト・コルチンスキは、狩猟服に身をかため、背中に猟銃のつつさきをのぞかせたまま、ひどく活気づいたようすで、しきりに大ぎょうな手ぶりをまぜながら、なにやら話してきかせている……ここにはもう数時間まえからいるのだから、その相手の娘とはもうずいぶん話もしたにちがいない……しかし、まだ男は話をやめようとする気配など一切なく、娘のほうもまた娘のほうで、興味深げに目を男のほうにあげたまま、顔つきもいきいきと、その話にじっと聞きいっている。この若い一対のようすは、心配性な母親の心をなだめるにたりた。見かけからいうと、男のほうはまるで教師、娘のほうは女生徒だった。さもなければ、なにからなにまで意見のあう親友どうしが、よりあって、なにかの計画をたてているところとも見えた。娘は頭をふってうなずく身ぶりをする。それは理解のしるしともとれれば、また、若者の心にこび、話のさきをうながそうとする情熱のあらわれともとれた。キルウォヴァのいたそのはなれた場所からは、きれぎれなことば——民衆、国家、団体、知識階級、指導、啓蒙（けいもう）、福祉などということばが、とぎれとぎれにやっと聞こえるばかりだった。ただ彼女の耳には二、三度、なにやら、最低限の基礎的な仕事とか、歴史的な誤謬（ごびゅう）の訂正のことを語る、まるでむずかしい本からそのまま抜いてきたような文章ぜんたいがはいってきただけだった。それで、彼女はいかにも母親らしくほほえんだ。そして、たしょう冗談めかしく、たしょう誇らかにつぶやいた。

『だいじょうぶ、これならだいじょうぶ！　いくらでも話しあうがいいとも、こんなりっぱなことなら！』

そのときマリシャは、それまですわっていた低い座席からゆっくりと立ちあがると、深いもの思いにふけっていることが一目でわかるのろのろした動作で、手を若者の肩のしたにまわした。ふたりはそのままゆっくりした足どりで野菜畑を通りぬけ、それからハンの木の林づたいに、村へぬける小道のほうへとむかっていった……いまちかぢかと寄りそってゆくふたりの横顔には、背景の林の緑のかげがあざやかにはえてうつっていた。若者のようすは、またいつにもまして、自己の思想を公衆に説く使徒、子どもじみたひたいのしたのややくらい目にふかい瞑想（めいそう）をやどした思想家というおもむきを見せていた。娘は、青春の叫びと思いをよびさまさずにはおかぬそのバラ色のくちびるに、うっとりとした微笑をうかべ、まぶたを伏せ、ややうつむきかげんに歩をはこんでいる。ふたりのあとには、大きな黒い猟犬がしたがい、ふたりのまえには、沈んでゆく夕日が、うつり変わるバラ色の光の帯をひろびろと道にしきひろげていた」

　もう晩だ……さびしくてたまらない——また——

　なぜ、なぜわたしのそばには、だれかほんとうに心をうちあけられるようなありがたい、なつかしい人がいないんだろう？……なぜわたしはほんとうに心のゆるせる友だちに恵まれないのだろう？　そういうお友だちも、もちろん、ないことはないのだけれど、そういう人とはなぜこんなに遠く離れていなければならないのだろう？　ハーニャ！……ハーニャ！　なつかしい人！　どんなにあんたが恋しいか、わかってて？　なぜ運命はわたしたちをはなればなれに切りはなしてしまったんだろう？――わたしはまたひとりぼっち。ここにあんたがいないんですもの。ほんとうにあんただけなのよ、わたしを慰めてくれるのは……そして、わたしの苦しみを理解してくれるのは……ハーニャあんたひとり……

遠くから……いや、違う。――じつのところは、となりのうちから、若々しい力強い声が軍歌をうたっているのが、はっきりと聞こえてくる。

きずな断ち、いくさに――
恋にとらわれた、
あわれ、ハートの
おおしくも飛びたつ。(72)

このたのしい行進曲の調子から、やがて、その声のしらべは変わって、こんどはおもおもしく静かに、しかも、感情をこめてまたうたいはじめた。古いボーイスカウトの歌だ。

すべてを祖国にささげよう……

そううたう声にはなんのいつわりもない。祖国、祖国の運命には懸念はないのだ。

どうだろう、わたしの悲しみは？　わたしの苦労は？　いや、ほんとうをいえば、このいかたはすこしまずかった。わたしのいいたいのは苦しみだ。苦労なら、じっさいのところ、わたしにもある。しかし、苦しみは？　ああ！　この若者たち——祖国のため戦いに出てゆくこの若者たちの苦労や苦しみにくらべると、そのかたわらに並べると、わたしの悲しみや苦しみなど、ひどくちっぽけでみすぼらしい……

すこしずつ気もちがおちついてきた。そして、まったくのはなし、すべてのことを忘れてゆく。ただ祖国、祖国のことだけ……

歌をうたう兵士たちの声にじっと耳をかたむけている。もう長いことこうしてじっとすわったまま。——空はしだいに星くずにうずめられてゆく。思いは、しぜん、この戦争のこと、その恐ろしさ、残酷さ……占領下の5年の歳月のあいだに起こったことをめぐって流れる。それから、現在のことへと考えはうつった。英雄的なこの蜂起のこと……そして……そのとき、はっとわたしはもの思いからさめた。ピアノからいま流れでるしらべ、歌の声。わたしは思わず耳をすます。古いポーランドの荘重な歌のしらべ。

われら生まれしその土地をすてず(73)……

知らず知らず目から涙がこぼれ落ちる……

『ニェメン川のほとり』

■19日　土曜　『ニェメン川のほとり』を読みつづける。まったくすばらしい本だ。ひどく気にいる。そこには、あふれる明るさ、喜びがある。それにまた、人生のふかいほんとうの意味もしるされている。この本からもう一つ断片をうつしとることにする。

「……ユスティナは、あけひろげた窓のまえに立つと、あんだおさげをほどいて、ふさふさしたこい黒髪――朝の散歩に松の若い針のみどりをさしていたその黒髪を、のろのろした動作でくしけずりはじめた。

ニエメンの流れのうえには、舟のゆききはまったくとだえた。いかだはもうこぎくだり、漁船はあとかたもなく影をけして、あとには青い水の流ればかりが残っていた。そのうえには、ときおり、輝く日の光をうけて繻子（しゅす）のように光るアジサシが、めまぐるしくじぐざぐを描きながら、飛びすぎるだけだった。その静かな流れのうえに、ふたりの人影をのせた小舟がむこう岸からこちら側めざしてこぎだした。なかのひとりは、舟底にすわり、水のうえに顔をじっとうつむけていた。ここかしこ、みなもに顔をのぞかせている水草――まるい葉と黄色い花の水蓮（すいれん）を一心にながめているかのようだった。もうひとりの背の高い人影は、舟のまわりに輪をかいてさわぐ水に、立ったまま、竿（さお）をさしていた。ユスティナがじっと見ていると、こぎてはちょっとかいの手をやすめ、顔をあげて、まむかいの岸の家――ユスティナの立っているあけはなされたそのうえの窓べを、じっとながめるふうだった。やがて、舟が岸につくと、男はひらりと河原（かわら）にとびおり、またも立ったまま、同じ方角をながめやった。しかし、すぐさま、まるで山にすむシカさながら、いともたくみに、高い砂の壁をすばやく駆けのぼりはじめた。ときどきちょっと立ちどまっては、つれの男が、背をすこし丸めぎみに首をたれ、のろのろとあとから、どうやらこうやらその坂をよじのぼってくるのに手をかしたり、ひじをとったりして、助けまでしてやるのだった。はじめの男はみどりのリボンでふちどりした粗ラシャの半外套をまとい、もうひとりのほうはすその長い外套を身につけていた。しかも、ひどくあたたかだというのに、もっこりした羊皮の帽子まで頭にのせているのだった。まもなくふたりは、松林のとっつきの木立ちのかげに姿をけした。しかし、ふたりの影が消えるか消えぬそのうちに、雲のうえまでとどくかと思われるような力強い歌声が、森のかげから立ちのぼった。

むすめがあらわれ、娘があらわれ、
——まるでバラの花——
泣きはらした目にまた涙。ああ、
この世はうきよ。
泣くな、娘よ。ほんになぜ嘆く、
いとしいむすめ。

男たちのうたう声はやがて遠のいていった。森の奥へと遠のいてゆき、かすかにかすかに消えていった。すると、今度は、森のなかからだれかを呼ぶのか、喜びむかえるのか、高い叫び声がひびいてきた。

『オッホ！　ホーイ！　オッホ！　ホーイ！　ホー！』

すると、また、だれかが低い男らしい声をせいいっぱいひきのばしながら、叫んだ。

『ヤーネック！　ヤーネック！　ヨーウ！』

森のすぐとっつきでは、どこかの女が高いすきとおった声でおどりの節をうたいだした。

好きなワルツを口にのせれば、
思いだされる、あなたのことが……

歌声は急にそこでとぎれた。あとは、さんさんの日の光のふりそそぐなかを、こそりともせぬ静けさが天から土のうえまでいっぱいに立ちこめ、ひろがった」

■日曜　20日　けさドイツ軍は攻撃にうつり、戦車が3台聖十字架教会通りまではいりこんで、そこからまっすぐわたしたちのところになだれこんできた。けれど、すぐに味方の若者たちがその1台を焼きはらい、それで、やっと安心することができた。そのほか、このやりきれないまっくらな生活には、なんの変化もなかった。

けれどその後は……

■火曜　22日　月曜日は日記をつけなかった。変わったことがなにもなかったからだ。きょうは、ときおり飛行機が現われるだけだが、焼夷弾を落としてゆくのでたまらない。けれど、「これでも」まだ静かなほうの部類なのだ。たった一つ愉快なニュースがあった。ドイツ軍がジェルナ通りのパスタ（電話局）の建物から追いだされたのだ。[74]かれらはもう蜂起のはじめからそこに閉じこもって、われわれの側にはげしい射撃をくりかえしていた。なにしろ、電話局のこの建物はおそろしく大きい。きょうはその建物のうえにポーランドの旗がひるがえっているのだ。そこにいた全員（100名）が捕虜となり、一部は銃殺された（なぜなら、エスエス〔親衛隊員〕と憲兵が

ワルシャワ蜂起で砲撃されたパスタ（電話局）（写真　Alamy／アフロ）

なかにいたからだ）。わたしたちは、これで、やっと弾丸をおみまいされなくてすむようになったわけだ。パンスカ通りはもうびくびくせずに歩くことができる。じっさいのところ、ときおりまだたまは飛んでくるが――

しかし、これといったことは、まったくなにも起こらない。ないといったら、なにもない。なんのニュースもはいらない。わたしたちはもうじりじりしている。ああ、まったく、すこしでも希望をとりもどすには、なにか新しいいいニュースでもなくっちゃ……ここのところ、ずっとすばらしいお天気つづき。なんとなくあの年、１９３９年を思わせる。[75] ただ今度はあんな悲しい終わりをつげないようにと、祈るばかりだ。――あとまだ1週間ぐらいは、わたしたちは持ちこたえられるかもしれない……けれど、そのあとは？……いや、どうにかなるだろう。とりこし苦労をしてもはじまらない。わたし自身はというと、なんとか生きぬいてゆけると思っているのだけれど……雲が出てきた（空をながめているところ）。やっとこれですこし雨が降ってくれるかもしれない。なにしろ、お話にもなにもならぬほど、むし暑く、息苦しい。

いとこ（おばのむすこ）のユリシュがやってきた。アー・カー[76]の兵隊だ。からだを洗い、ひと眠りして、すこしのま休息をとるために、うちにきたのだ。4日間というものからだも洗わず、眠ってもいない。そのあいだずっと砲火のもとにさらされていたのだ。やっときょうドイツ軍の攻撃をしりぞけ、交替となり、からだがあいた。まる4日間というもの一睡もしていない、というとすこしうそになるが、眠ったといっても、1日に1時間、砲火のなかをバリケードでとるような眠りなんて、じっさい、眠ったうちにもはいらないだろう。ひどくくたびれていて、すぐ床についた。

（晩）雨だ、雨！　なんて気もちがいいんだろう。小雨だけれど、すこしは空気をさわやかにもすれば、火事の火を消す役にだって、ちょっとはたたないこともなかろう。まわりは、あいかわらず燃えつづけている。

■23日　水曜

いまのようなこんな時にしては、きょうはずいぶんと気もちのいい日だ。おしめりのあとで（夜のあいだに降った）、とてもさっぱりと、さわやかになった。それに、また、ふしぎに静かだ。飛行機の影さえ（いまのところ）見えない！　射撃の音も聞こえない。けれど、べつにそれほどうれしいわけではない。なぜって、もうわかりきっているからだ――こんな静けさは、あいにく、それこそほんのつかのまのことで、またすぐにあの地獄の始まるのが。あーあ、なんて長びくことだろう、おそろしく。もうこれで終わりだったら……

■24日　木曜　味方の軍隊は、いく度ともなく、もうドイツ軍の攻撃を撃退している。いや、それどころか、ドイツ軍の拠点をいくつか占領しさえした。なかでも、ドイツ人の守っていた聖十字架教会[77]をうばいかえした。戦闘は教会のなかでおこなわれ、建物は破壊されてしまった。しまいには、ドイツ人が火をはなった。こんな美しい古い昔からの教会の建物なのに、まったく惜しいことだ。教会にはポーランド人、おとなばかりか子どもまでが閉じこめられていたが、さいわい、これもうまくいって、ひとり残らず助けだされた。
すばらしいお天気だ。太陽がいっぱいに照りわたり、空には雲ひとつない。——紺碧、えもいわれないこんぺきの色。

いまひとりでいろいろの夢想にふけっているところ。わたしのいまのいちばん大きい願いといったら、緑の草のうえにすこしばかり横になること、「自然のふところ」にいだかれて、あたりの景色をながめることだ。しかし、いまここでは、こんないいお天気だというのに、壁のなかにじっと閉じこもっていなければならない。それも、煙につつまれ、たえまない砲声におびえ、飢え、かててくわえて、あすをも知らぬ命をかかえて、なすところもなくすわっているのだ。まったくどんなにすてきなことだろう――いまどこか静かなところに行けたなら。どんなにすばらしいことだろう――どこかの川か流れにひたって水を浴び、泳ぐことができたなら（これがいまの最大の夢）。さもなければ、林のなかで寝そべれたら。なんでもゆっくり休むことができたなら。なにもかもすっかりこんなことが終わりになったらば、しばらくどこかのいなか――町をはなれた静かな場所（どんな「草ぶかい」ところでもいい）へ行きたい。どうしてでも、なんとしてでも行きたい。

学校のこと、学校の友だちのこともきょう思った。いつまた会える日がくることだろう。もしほんとうにそうなったら、どんなにうれしいかしれやしない。けれど、いったいどうなるものやら？

学校がなつかしくてならない（いま）。ああ、いま授業があったら、すばらしいのに。さもなければ、せめてなにかの仕事でも、しかたがない。なにもかも、ただこんなことがすっかりかたづいてからのうえのことだ。

人は生きるため最後まで戦う

■25日　木曜[78]　ますます苦しくなるばかり。わたしたちは日ましに力つき、意気もくじけてゆくいっぽうだ。なにひとついいほうに向いてゆくけはいがない。

■28日　火曜[79]　もう3日もなにも書かなかった。けれど、そのあいだに起こったことは、それがもう過ぎてしまったきょうの日になっても、まだとても書きしるせそうもないくらいだ。地獄、まったくの地獄だった。そもそものはじまりは土曜日（26日）のことだったのだ。もう朝から「吠える牛」が出てきて、弾丸をあびせかけ、そのものすごさ、恐ろしさといったらなかった。すさまじいのなんのって、まったく想像のほか、まして、自分でこんなことをじかに体験したりするのは、もうよくよくのことだ。なにしろ、最初が、またちょうど、わたしたちの住んでいた建物だったんだから。その朝は、そのときがはじめての攻撃で、わたしたちはまるっきり不意をくらったかたちだった。もっとも、そのまえから「牛」はときどき吠えたててはいたが、爆発の音もそれほどにはひびかなかったほど、遠くのほうのことだったのだ。しかし、これまでわたしの経験してきた砲撃など、その日の目もあてられぬ地獄絵のすさまじさにくらべれば、まったく、ハエのさわったくらいのものでしかなかったという気がする。最初のたまがあたったとき、わたしは食堂にいたが、そのときの印象を整理してみるのはむずかしい。なにしろ、すべては数秒のあいだに起こったのだ。でも、なんとか書いてみよう。

とたんにあたりがものすごく暗くなった。まるで深夜のやみ。しかも、はげしい風圧といっしょに、赤い火が目のまえを走りぬける。もうもうとなにやらすさまじいちりと煙がたちのぼり、のども肺もおしつぶされて息ができない。それに、爆発の音もする。なにもかもがそのなかで踊り、落ち、あたりに飛びちる。家具がたおれ、壁、天井、その他いっさいがっさいの物がわたしのまわりを舞いとび、はねちり、頭のうえにくずれかかり、まるで、うち全体がどこかを飛んででもいるような感じだった。なにもかも、なにもかもこんなふうにして始まった。

まったくのところ、こんなことで、人はどこでどうしているのか、なにをしたらいいのか、どこへ逃げたらいいのかも、ぜんぜん見当がつかないしまつだったのだ。

やっと、5、6分ほどもしてから、ようやくほこりがしずまり、あたりが見えるようになった。住居のなかは、まるでもうすさまじいありさまだった。なにもかもめちゃめちゃにこわれ、よごれ、ほこりにまみれている。人のようすときたら、もうなおのこと、目もあてられないくらいだ。みんなの顔をはじめて見たとき、まったくの話が、わたしはひどくおかしくなって、泣きだすかわりに、思わず笑いだしてしまったものだった。だれもかれもすすまみれ、煙突から出てきたばかりの煙突掃除のおじさんのよう。わたしたちのうちのある建物までこわした（4階が落ちた）朝のこの砲撃ののちも、敵の攻撃は晩までやまず、また、夜になってからも、思いだしたようにくりかえされた。そんなわけで、わたしたちはずっと退避所にすわりっぱなしだった。もっとも、退避所にいると、うちのなかにいるよりは、たしょうすごしやすい。それにしても、なにもかもゆれ、ほこりがたちのぼるのは同じで、わたしたちはしめらしたガーゼでマスクを作り、鼻と口にあてていなければならなかった。そうするとすこしは空気をとることができたが、ガーゼなしでは息をつくこともできないほどだったのだ。こうして一日じゅうわたしたちは退避所にすわっていたが、そのあいだに、わたしたちのうえでも、まわりでも、つぎつぎとうちがつぶされていった。うちのむかいの兵士たちのいたあの建物も、くずされてしまった。うちのなかに残っていたため、全員、生きうめになった。40人もいたなかで、助かったのはたったの4人だけ。まだほんのきのうのこと、あんなに楽しげにうたったり、楽器をかなでたりしていたというのに、もうそのつぎの日には……しかたがない！　こういってしまえば、それまでだが……けれど、なんてつらいことだろう！

その日の夕方、ちょっと退避所から出たとき、わたしの目にしたのは、それこそ恐ろしい景色だった。あたりはいちめんの廃墟。完全に残っているうちは、一軒もまわりに見あたらない。そして……ない——やはりわたしたちのうちも。なにもかもくずれ、こわれ、裏庭はぜんたいが煉瓦と材木の山だ。恐ろしいことだ。無残なながめといったらない。その夜は、この騒ぎもどうやらおさまり、やっと静かになりそうなもようだったので、わたしたちは横になって休むことにした（むろん地下室で）。けれど、眠ったのはそう長いことではなかった。となりのうちが燃えているという知らせがとびこんできたのだ。ひどい騒ぎがおこったけれど、けっきょく、火をみんなで消しとめた。ほんとうに恐ろしい夜だった。眠ったのも地下倉のゆかのうえ。ひどいったらない。それに、なんともいえず気分が悪く、お話にもなにもならないくらいにくたびれはてていた。おまけに、わたしは手にけがまでしていて、それがひどく痛んだ。というのも、昼間、すんでのことで死なんばかりのめにあったのだ。「牛」——あの「吠える牛」に裏庭ででくわしたのだ。そのとき味わった気もちといったら、もうとうてい書きしるすこともできない。あっというまに、着ていたコートが燃えだした。さいわい、そのコートをぬぎすてるだけの正気はまだ残っていたけれど、そのあとで、すっかり気を失ってしまった。助かったのがまったくふしぎなくらいだった。

つぎの日は、ありがたいことに、「牛」はもうわたしたちの通りには現われなかった。それで、退避所からわたしたちはおもてに出た。ちょうどアリ塚をこわされたアリが、もとの場所に集まって、すぐまた新しい塚をきずきだすように、人々はすぐさまどこでも仕事にかかった。煉瓦の山をたしょうなりともかたづけて、通りへ出ることができるようにした。退避所のなかもかたづけられた。まる一日のあいだほとんどとだえていた生活が、くずれた煉瓦のあいだだとはいえ、こうしてふたたび始められた。

そうだ。人は、生きるために、最後のさいごまで不幸や災厄とたたかうようにできているのだ。

■8月29日　土曜(80)　きょうは床についている。といっても、地下室で、しかも、まるきり馬かなにかのように、敷き藁みたいなもののうえに寝ているのだ。熱はだいぶさがって、気分もたしょうよくなった。そのかわり、きのうはひどくぐあいが悪く、40度から熱があった。きょうは熱はさがったものの、ただからだがひどく弱っている。動くのもやっとだ。きょうは比較的しずか。だが、わたしはぐったりとしてからだにまるで力がなく、ひどくもう気落ちしている。しかし、住居がないというのがどんなものか、これだけは味わってみなければわからない。いまのくらしは生活ではない。眠るのも、起きてすわるのも、しっけたこのきたない地下室のなかだ。顔を洗うことさえできない。なぜって、ここでは水は黄金にもかえがたい貴重品なのだ。水道はとだえているので、水をくもうと思えば、弾丸のとびかうなかを、ここから三つさきの通りにある井戸まで行かなければならない。それから、3、4時間も行列に立つ。おまけに、水はひどくまずくて、からだも気もちよく洗えないようなしろものなのだ。

きょうは(81)もうあたりはすっかり静まっている。「吠える牛」も、空襲もない。通りや裏庭に出てみると、どこもかしこもまわりは廃墟、瓦礫(がれき)の山。

＊　＊　＊

(訳者)

日記はここで終わっている。最後の日付は29日になっているが、その終わりの部分は、内容と前後の関係からいって、30日の記述ではないかと思われる。日付がつけ落とされてしまったのだ。そのほか、25日以後には、あまりにもとっぴな曜日のつけまちがいが見られるが、これもこの前後の日記の筆者、少女ヴァンダの均衡を失ったからだと精神の不安定な状態を語っているものと思われて、いたましい。以下、参考までに、簡単にその後のヴァンダの運命を語ろう。

31日、ひどい下痢をおこして寝こんでしまう。9月1日、一家は避難の決意をする。シルドミエシチェ(中央街区)パンスカ通り6番地の廃墟と化した家をすて、家族5人(70歳になる祖母がいた)は煉瓦の山と炎のあいだをくぐりくぐり、以前住んでいたポヴィシレ(ヴィスワ川ぞいの区域)のタムカ通りに逃げてゆく。ヴァンダはというと、前の日、絶食し、黒い乾パンひときれ食べただけだったので、飢えと疲れと恐怖とに生きたここちもなく、みなのあとから、ようようのことでたどりつく。翌2日にはスタレ・ミアスト(古い町)が落ちて、今度はポヴィシレへの攻撃が始まり、またまた爆撃砲撃の恐怖にさらされる。3日、砲撃はますます激しくなり、女たちはタムカの近くドブラ通りの尼僧院に移り、そこで夜をあかす。翌日、タムカに残った父親とふたたび合流、そこの地下室に退避しているうちに、集中砲火をあび、その建物の一部がくずれる。迫る危険にポヴィシレを脱出しようということになり、一家は砲弾のとびかうなかを逃げまどうが、まだいくらも行かぬドブラの通りで、ヴァンダは砲弾の破片にあたって重傷を負う。姉のボプジャが応急手当てのうえ、担架に妹をのせて病院をたずねまわり、やっとの思いでたどりつくことはついたが、手術の順番を待つうちに、出血多量ではかなくもヴァンダはこときれたのだ。9月4日、月曜日、午後1時半のことだった。

母親の語るところによれば、最後に地下の退避所から逃げるとき、「さあ、早く起きて逃げるんだ」と父親がうながしたのに答えて、こう言ったという。「おとうさん、もう逃げなくたっていいじゃない」。明るいあすのおとずれを今か今かと待ちこがれ、ちょうど雲のさけめに青空をかいま見るような思いで、8月の蜂起にあれほどまで大きな希望と期待をよせていたこの14の少女の、これが最後のことばだったのだ。

つけたり

ダダのつづった幻想と思い出

わたしのハーニャ！

わたしのハーニャ！

やっとあんたにこうして手紙が書けるようになったのね。ほんとうになにもかもすんでしまったんだわ。地獄のような戦争も過ぎてしまったんだわ。なによりもまず、わたしたちのあのとらわれの境遇に終わりがきたんだわ。

ハーニャ！ なんてまあすばらしいんでしょう、ポーランドがこうして独立をとりもどしたなんて。わたしたちは自由なの。自由があるの——いつもそのためにわたしたちの戦いつづけてきた自由が。わたしたちは他国の占領のもとに甘んじて生きてはいられない国民なんですもの。わたしたちは頭からもう外国の支配にはがまんができない。そういう国民なのね。いずれにせよ、このことなら、ポーランドの歴史の最新の事件——8月の蜂起がなによりもよく語っているわけよね。

ハーニャ、わたしのハーニャ！ ほんとうにうれしいわ。あんたと話しあうことが（手紙にせよ）できるなんて夢みたい。しかも、それが解放されたポーランドでのことなんですもの。この数週間をわたしがどうやってくらしたか、知ってて？　一口ではとてもいえないくらい。働いてたかどうかって？　ずっともう立ちどおしだったのよ。それこそ働きづめ。なにもかもかたがついたときには、ほとんど3日も眠りつづけたくらいだったのよ。けれど、こんなことはたいしたことじゃない。だいじなのは、わたしたちの仕事の結果がよくて、わたしが満足しているということ。わたしたちがどんなに働いたかってことは、ひょっとマリーナがあなたに話したかもしれないわね。

クリスティナ？　クリスティナのことをたずねるの？　かわいそうな娘……

それじゃ、わたしが最後に彼女を見たときのことを話すわ。それは第二金曜のことだったの。すてきなお天気で、わたしはちょうどフィルトロヴァ通りがナルトヴィチ広場にぬける、そのとっつきのところにいたの。この朝、ここの兵士たちのところに通達を持ってきたついでに、すこしでも休息をとり、できればちょっと眠るつもりで、そこに残ったわけ。でも、むかいの大学寮[82]（ドイツの憲兵たちがここにバリケードを作って、がんばっていた）から、はげしいいっせい射撃がたえまなしにあびせられて、うちのなかにはすわっていることもできないので、地下の退避所におりたしまつ。もっとも、兵士たちの日常生活はすべて地下でおこなわれ、そこに並べたてられたベッドに眠り、食事をし、料理を作っていたわけで、地上に出るのは、機関銃やツェーカーエム（重機）の部署につくときだけだったわ。そんなわけで、退避所で横になると、かれこれ3時間ほどは眠ったでしょう。けれど、やがてあらあらしく肩をゆすられて目をさましたら、士官室へ出頭せよという命令なの。せっかくの眠りをやぶられて、わたしはもうご機嫌ななめだったんだけど、どうにもこれだけはしかたがない。命令なんですもの。

まもなく士官のまえに出ると、ヴァヴェルスカ通りにいる味方の軍に通達をとどける任務を命じられたわけ。その一隊はドイツ軍におそわれたまま、消息をたっているとのこと。ああ、まったくのはなし、なんとも気がすすまなかったんだけど、だれもそんなことをわたしに聞いているわけじゃないんですものね。命令をうけたからには、わたしの義務は、服従し、命令を遂行する、それも、ただちに遂行すること、それだけ……

いそいでコートをひっかけ、暗号の密書をしまって、かけて出ると、下で歩哨(ほしょう)が道を教えてくれたのはいいんだけど、人を「なぐさめる」つもりか、射撃がひどくてたいへんな道だなどというの。おまけに、つけ加えていうには、あんたが行くことになったのも、じつはうちの女伝令が同じ任務の遂行中に、たまにあたって死んだからだって。わたしはだいじょうぶ、見ててごらんなさいよ、などと答えはしたものの、自分でもいっこうだいじょうぶなような気はしなかったわ。はじめは地下室から地下室をぬけていったので、安全だったけれど、やがて、通りにぶつかると、どうしてもそこを横ぎらなければならなくなったわけ。敵の射撃をさえぎるものはなにもない。ただたまがヒューヒュー空を切って飛んでいるばかり。

門のかげに立ったまま、足をふみだす勇気がどうしても出なかったわ。こんなにおじけづいたのはこの任務についてから、まったくのところ、そのときがはじめて。二の足をふみながら、門のかげからむこう側の歩道のうえに目をやると、どうでしょう、目についたのは血の海のなかにころがっている死体。もういわずとも知れたこと――あの伝令……彼女は恐れを知らぬ大胆な、それこそもう英雄的な一歩をここで踏みだしたのにちがいない。そう思うと、この勇敢な女性のかたわらで、わたしは自分がちっぽけなみすぼらしいものになってゆくような気がしたわ。ひどく恥ずかしくなったの。いまだ！　さもなければ、永久に臆病者で終わってしまうだろう。とっさのうちにそう思うと、パッととびだして、通りを走りぬけたわけ。夢中だったけど、あとで見たら、たまが洋服をつきぬけていたわ。からだには、さいわい、なんのけがもなかったけれど……むこうの門のなかに、やっとの思いで、倒れこんだときのうれしかったことといったら。しかし、さきにはまだもう一つ弾丸雨飛の通りが待ちうけていたわ。これはもう勇敢に走りぬけたものの、まだあとには、むこう、ヴァヴェルスカについてからのいちばんむずかしい任務が残されていたわけ。なにしろ、むこうのようすがまるでわからないんですもの。味方がまだいるものか、それとも、ドイツ人ばかりなのか。そんなときには、それこそワナに落ちたも同然でしょ？

ヴァヴェルスカの角に出たとき、わたしは思わず足をとめたわ。だって、通りはひどくがらんとしていて静かなの。ちょっと意外だったけど、通りに一歩ふみだして、数分じっと耳をすまして（なんの物音も聞こえなかった）、あたりのようすをうかがってから、さきへ進んだわけ。最初の門にはいってみたけれど、ここもからっぽ。そこで、奥へと歩いてゆくと、むこう、2番めの中庭で、わたしは恐ろしい光景を目にしたの。なんということでしょう。そこは人の死体でいっぱい。しかも、ふつうの市民の死体じゃない!? わたしはぞっと身の毛がよだったわ。まっさおになったでしょう、きっと。少し気が遠くなったほど。ね、思ってもごらんなさい。たったひとりでこんなむごたらしい惨劇のあとにいるなんて。殺された死体のあいだに、わたしひとりだけが生きて立っているなんて。ああ！ この地獄絵は忘れることができないわ。それを思いだすたびに、背すじをぞっと冷たいものが走るの。思わず手で目をおおうと、あとずさりを始めたっけ——なんでもいい、どこでもいい、いっときも早くここからどこかに逃げだそうと。そのとき、わたしの耳に弱々しい声、というより、なにやら子どものかぼそいすすり泣きのようなひびきがはいってきたの。わたしははっと立ちどまった。まだここにはいるんだ、生きている者が。死にきれず助けをもとめている者が。それなのに、逃げてゆくのか。——もどろう。瀕死の傷をおった者がいる。せめて水なりとやれよう。ぐあいよく横たえてやることもできよう。なにか、なにかしなければ……こうした考えが、一瞬のうちに、わたしの頭をよぎったわ。それでも、ほんの一刹那、恐怖の気もちがわたしのうちで慈悲の心をつきのけながら、黒々といっぱいに広がったの。けれど、わたしはやがてその恐怖にうちかって、あとにもどると、聞こえてくる弱々しい声をたよりに、どこにまだ生きて苦しんでいる者がいるのかと、あちこちに目をくばって、さがしにかかったわけ。すると、どう、煉瓦の壁のすぐしたに、小さないたいけな子どもが横たわっているじゃない。

その子は、足がほかの死骸の下敷きになっていて、動くこともできないの。左の肩からは血が流れていたわ。子どもはもうささやくような声で、なにかいっているばかり。しかも、その声までまもなく絶えて、ぐったりとしてしまったけれど、それでも、まだ息はあるらしいの。わたしはなにをどうしたらいいのかまるで見当もつかず、しばらくそこにぼうっと立ちつくしていたっけ。そのうち、ようよう、この子をもっと楽に寝かしてやらなくちゃと気がついて、子どもをだき起こすと、やっとのことでそこからひき出して、そばのあいた場所に横にしてやったわけ。それから、今度は、救急用の包帯を2本も持っていたのを思いだすと、とりだして、どう傷をゆわえ血をとめたらいいか考えをめぐらしはじめたというしまつ。それでも、どうやら包帯をまきおえると、気のせいか、子どもはすこし正気づいてくるようだったけれど、まだやはりまるきり力がなく、ぐったりとしていて、動くことなどとてもできないようす。わたしはといえば、これ以上なにをしたらいいか、かいもく見当もつかない。そこで、しまいに、うちのなかがどうなっているか、見にゆくことにしたの。せめて、へやのなかに子どもを寝かせてやろうと思ったのよ。

建物はさいわい焼かれていなかったけれど、ドイツ人の略奪していったあとだということは、ひと目でわかったわ。はじめに虐殺、そのあとで、ねこそぎ貴重品をうばっていったのね。1階の一番手前のアパートにベッドがあったので、子どもはそこに寝かせてやったわけ。それで、当面のいちばん急な問題のかたがどうやらついたわけで、すこしはホッとできたわ。しかし、そのときだったの――うちのなかを見まわして、わたしが感じたのは、どうもなじみのうちのようだと。ここにはもういつだったかきたことがある。そして、やっと気がついたの――わたしは、それがクリスティナの住居だったと。いそいで死人を見てまわると、そのあいだに、やはり、クリスティナがいたわ。あのわたしたちの陽気なすてきな「クリーシ」が……

クリスティナは地面にうつぶせていたけれど、その一方の手には母親の手をにぎり、もう一方の手には、ホラ、あのワシの模様のついた聖母像入りの首飾りをしっかりと握りしめていたの。覚えてて、教会できよめてもらって名の日にクリスティナに贈ったあの首飾りを？　傷口（片肺がやぶれているようだった）からは血が流れていたわ。

わたしは彼女のうえにかがみこんだものの、涙がどっとあふれて、足がよろめき、目のまえがまっくらになってしまったの。クリーシ！　と叫んだけれど、なんの答えもない。どのくらいそこにそうしてかがみこんでいたかしら。クリスティナのあの明るい巻き髪はみだれ、顔はまっさおで、もう一滴の血もないかと思われたほどだったわ……にぶいはげしい痛みにじっと耐えてでもいるように、口はきつく閉じられているの。――息はもうすっかりないように見えたけれども、よく見ると、心臓はまだかすかに打っているじゃない。なんとか息をふきかえさせようと……

＊　＊　＊

（訳者）

この断片はハーニャあての手紙のかたちをとっているけれど、もちろん、筆者のヴァンダ自身これを送るつもりで書いたわけではなかった。8月蜂起がしだいに破局的な様相をくりひろげてゆく暗い毎日のなかで、この少女は、自分の希望を自分自身にむかって幻想のうちでたしかめてみたかっただけのことだ。自由と勝利を待ちこがれる気もちが、紙のうえにくりひろげられた夢のうちで、実現されているのだ。それに、もう一つの夢、祖国解放の戦いに自分も身をもって参加したいという熱烈な願い——いつもいつももちつづけてきたヴァンダの望みが、ここでは、伝令として蜂起のなかを活躍し、解放後の建設の仕事に加わるという空想のかたちで、わずかにいやされているわけだ。これは、年もいかず、しかも、病身だという理由で、両親からかたく禁じられていた望みで、彼女は、そのため、自分が役にたたぬ人間だという悩みをいつも深刻に悩んでいたようだ。ワルシャワ蜂起には、じっさい、12、13歳の子どもまでが参加していた。

それから、この断片のつづられたもう一つの動機は、ヴァンダの友人クリスティナの住むヴァヴェルスカ通りを「ウクライナ人」が襲ったという知らせだ。これは、ドイツ軍、とくに、この作戦に加わったいわゆる「ウクライナ人部隊」の残虐さを聞き知っていたヴァンダにとって、大きなショックだったろう。クリスティナの死はまぬがれぬという予感のようなものがあったかもしれない。じじつ、戦後ヴァンダの両親のたずねたところでは、このときクリスティナは虐殺され、それらしい死体が地下室に、解放後、発見されたということだ。ヴァンダの想像力は、この友人の死の予感をきっかけに、ふくれあがり、その死をいたむ意味でもこの断片をつづったのではないか。断片のままで捨てられたという理由はわからぬが、おそらく、この残酷な予感をこれ以上追ってゆくことができなかったからではなかろうか。「息をふきかえさせようと……」という句でこの文は終わっているが、これは一方、想像のうちで彼女の命をすくうという操作をするつもりがあったのかもしれないが、たぶん、そのむなしさに書きつづける気がしなくなったのかもしれない。

　この断片の書かれた日付は正確にはわからない。しかし、いずれにせよ、クリスティナの身を案じる8月10日の記事以後、情勢の急激に悪化する8月25日までのあいだに書かれたものだということに、まちがいはない。

　なお、この幻想を——悲しみのなかからうまれた自由と解放の喜びの幻想を語りかけた相手、ハーニャについては、日記の44年7月18日から26日までの記事を参照されたい。オトフォツクで知りあい、数日をともにすごしただけのこの新しい友人ハーニャに、この最後の年、ヴァンダはもっともあつい友情と共感とをよせていた。8月12日、18日の日記にも彼女をしのびなつかしむ記事がみられるほどで、この文がハーニャにあてられているのに、なんの不思議もない。ただここでもう一つ注意をひくのは、文中のクリスティナにせよ、マリーナにせよ、ヴァンダのワルシャワの友人知人で、直接にはハーニャは彼女らのことを知らぬのに、それが、まるで共通の友人のようにあつかわれていることだ。これは、おそらく、ヴァンダにとって、遠く離れた友人ハーニャが、空想のうちで、しだいしだいに美化されていって、自分のことはなんでも知っている、ちょうど第二の自我、分身のような存在に変わっていっていたからではなかろうか。

20年後のワルシャワ（幻想）

長い道中をやっと終えて、ついに目的地に着いた。わたしは長距離列車からおりて、20年ぶりでまたワルシャワの駅の一つに立ったのだ。朝の10時だった。地下道をぬけると、日の光がまぶしく照っていた。駅前にはタクシーがならんでいる。その一つに乗りこんで、古い知人のうちまで車を走らせた。20年まえにはわたしが手にとるようによく知っていた通りを、途中、つぎつぎと車は通りぬけてゆく。しかし、いまは、名前を見て、はじめて、これがあの通りだったかと知れるばかり。見違えるほどの変わりようだ。古い建物はそのあとさえない。十数分ほどで車は大きなビルのまえに止まった。所書きをたしかめて、今度はエレベーターに乗る。十数秒ののちには、もう知人のうちでわたしは大歓迎をうけていた。なにぶん長い旅行のあとで、しょうしょうくたびれていたので、第一印象をすこしばかり語りあっただけで、あとは、わたしのために用意されていたへやに休みにいった。

休息をとると、わたしはすぐにもワルシャワの町が見物したくなった。その意向を知人につげると、喜んで案内してくれるという。わたしの足をとめた知人のうちは、昔のタルゴヴァ通りにあったが、まったく見違えるほど変わっている。アスファルト、広い歩道、ずらりとたちならんだモダンな建築。タクシーをひろう。20年まえにはワルシャワのおもな交通機関だった市電[83]が、どこにも見あたらない。行けども行けども、わたしには見覚えのないモダンな町なみ。ヴィスワにかかった12の橋[84]の一つを渡ると、遠くからもう、再建されたワルシャワの古いお城[85]と、王宮前広場のジグムント王の円柱[86]が見える。なによりもうれしかったのは、このお城をはじめ、古い町[87]のいくつかの建物が、歴史のとうとい記念物として、こうして残っていることだった。古い町の残りの部分は大きな公園になっていた。そこから昔の中心街の区域にはいる。クルレフスカ通りからほど遠くないマルシャウコフスカのならびには、ポーランド一のすばらしく大きな劇場[88]がある。劇場のそばで車をすてて、あとは歩いてゆくことにした。通りは車の往来で目まぐるしいほど。きょろきょろあたりを見まわしたが、物ごいをしている者など、どこにも見あたらない[89]。いっぱんに、人々の服装は質素だが、きちんとしている。それに、一軒だちの小さな店屋もない。みな大きなビルのなかに美しい店舗をかまえている。通りは通りで、木や草花や芝ふで青々とかざられている。そのとき、これまで見たうちでもとりたてて大きい巨大なビルを、案内役の知人が指さしてみせた。このビルには、すべての官庁が集まり[90]、大統領もここで政務をとっているとのことだった。

途中で、知人に有名な労働者の住宅街と工場地帯のことをたずねた。まだやっと午後の3

時になったばかりだったので、そこまで行ってみることにした。地下鉄[91]に乗ると、もう5分でそこに着いた。遠くから、広い敷地をしめている工場の大きな建物が見えた。残念ながら、きょうは、ゆっくりとくわしく工場を見学しているひまはなかった。なぜなら、労働者の住宅街もまだ見たかったからだ。わたしたちはまた電車に乗った。

やがて、木と草の緑のあいだに、小さくて明るい2階だての家々が白く光って見えた。そのなかに、いくつか大きな建物がひときわきわだってそびえていたが、これは、きいてみたところによると、学校、労働者大学、図書館、幼稚園、託児所などの施設だった。ここには、下水道、電気、ガスなどの設備がくまなくゆきとどき、完備している。

帰り道きいたところでは、ヴァヴェル、アニン、ミエンジレシェなどの地域には療養所がもうけられ、児童福祉施設や養老院などもあるということだった。

うちへ帰る途中、1939年の最後の大戦に虐殺された人たちにささげる大きな自由の記念碑[92]を見た。そのほか、まだほうぼうに、民族の英雄にささげた記念碑や銅像があるという。ベッドについてから、昼間みたことについていろいろと考えてみた。そして、この20年のあいだの祖国の進歩発展に、ただただ感嘆するばかりだった。

外国にいながらも、ポーランドのことはじつによく耳にしたものだったが、それでも、それを聞いて心にえがく祖国は、いつも、わたしが国をはなれたときのあの祖国の姿だった。

わたしはこの大きな成果に賛嘆の声を惜しまない。そして、こういう同胞たちをもてたことを、ほんとうに、誇りに思ったことだった。

現在の王宮前広場（写真　PIXTA）

現在のワルシャワの街かど（写真　PIXTA）

＊　＊　＊

（訳者）

ここにかかげられた文は、1944年6月9日の日付のある学校の作文だ。課題文だったかどうかはわからないが、「幻想」とことわり書きのしてある特殊な題の性質からして、自由題の作文でなかったかと思われる。

ここでヴァンダは、解放され復興発展した未来のポーランドの首都ワルシャワのようすをいきいきと描きだしてみせる。自由に空想の羽をのばすその筆致は軽やかで楽しげだ。しかも、その空想がまるで根のないものでなく、むしろ、歴史の発展にそくした堅実なものなのが注目される。ちなみに、ことし（編集部注　1965年）は新しい人民共和国ポーランドができてから20年め、この作文の20年後と時はほぼ一致するわけで、この少女の空想と、現在の現実の姿とのかさなりぐあいもちょうど比べることができるわけだ。もちろん、こまかな個々の点でのくいちがいは大きいが、全体として、一般勤労大衆のための福祉社会の到来を夢みているところなど、大筋は正しくとらえられているといえよう。もの好きな人のため、この文の記述と現在のワルシャワとのこまかな点での違いを、注で簡単に説明しておいた。

わたしたち3人組の思い出

戦争中のことだった。タムカの通りにあった移住者の家にわたしたちは移った。そこには、強制移住をくってワルシャワに移ってきた家族ばかりが住んでいたので、同じ移住者仲間のわたしたちにしてみれば、住みごこちは悪くなかった。わたしはすぐにいたずらな子どもたちみんなと仲よくなった。けれど、ヨンカとヴァンダのような親友は、とうとうほかにはできずじまいだった。

ふたりともわたしと同い年で、学級も同じなら、また、うちへ帰ってから廊下を走りまわるのもいつもいっしょだったのだ。

このタムカの家というのは前には学生寮だったため、どの階にも長い廊下がついていて、その両側にずらりと小さなへやがならんでいた。台所、洗面所は共同。へやはそれはそれは小さく、その一へやがそれぞれ一家族にわりあてられていたので、しぜん、子どもたちは廊下を自分たちのサロンがわりに使うことになってしまったわけだ。

ヨンカとヴァンダとわたしのこの3人組は、2階の窓の一隅を占領した。つまり、いつもここでいっしょに遊んだり、おしゃべりをしたりしていたのだが、やっぱり、なんといっても、このすみっこだけでは不便だった。日ごとにわたしたちのうちには、ほんとうに自分たちだけの場所がほしいという気もちが強まっていった。この廊下の窓ぎわよりも、もっと便利に快適に時をすごせる場所、もっと自由に遠慮なく話したり遊んだりできる場所が……そう！　つまるところ、こんな廊下のいつもあいているとはかぎらない窓ぎわの片すみより、もうちょっとましな場所がなんとしてでもほしかったのだ。

ある日、うちで勉強をしていると、ドアを三度たたく音がした（これがわたしたちの合図だった）。で、いそいであけてみると、ヴァンダが立っていて、だいじな話があるから、1時間したら、例の窓ぎわにくるようにという。どうしたのかもっとくわしくたずねようと思うまもなく、姿をけしてしまった。

約束の時間にとんでゆくと、ヴァンダが口をきって説明した。その説明によると、やっとどうやらわたしたちのためのかっこうな場所が見つかった。4番めの窓（男の子たちの場所だった）のところで話しているのを通りがかりに聞いたのだが、8号室があいた。すこし破損しているので、いまのところはだれも入れる予定がない。うまくやれば、これがわたしたちで使えそうだ。もっとも、男の子たちの話していたのはもう3時間もまえのことだから、早く手をうたないと、だれかにさきに占領されるおそれがある、というのだ。そこで、わたしたちは、さっそく、計画をねりにかかった。まず玄関番にかぎをもらうこと。かぎは内側からかけてしまわなければだめだ。さもないと、力ずくで追いだされる危険がある。玄関番のトマシェフスキさんには、学校のおさらいをするからという名目でへやを使う許可をとろう。下におりるときも、だれにも気づかれてはいけない。なにもかも機敏に手早くかたづける。――じゃ、いいわね？　いいわ。いいわ。

なにもかも思いのほかにうまくはこんで、つぎの日にすぐみんなでへやの整とんにいった。一仕事すんだとき、わたしはみんなに、「友情クラブ」という名で小さな会を作るという案を、ひろうした。会合を開いて規約をさだめ、会の記録もとってゆこう。わたしたちのこの場所を、3人で力をあわせて、管理しよう。みんな賛成。わたしが選ばれて会長になった。はじめての会合は2時に開かれた。そこで、役員もきまり、種々の題目が討議された。記録用のノートも買われた。わたしたちの胸は喜びでふくれた。なにかを作りあげようという力強い意欲がみなの心をわきたたせた。

いまでも思いだすが、3人が3人とももう夢中で、それこそどんなに熱心に掃除をしたり、絵を壁にはりつけたり、窓を洗ったりしたことだろう。そのあとで、みがかれたゆかを、テーブルかけのかかった机を、壁の絵を、またどんなにうっとりとして見とれたことだったろう。わたしたちは得意で、しあわせだった。なにしろ、こんなにも長いこと待ちに待ったもの、まる2年間も望みに望んできたものを、ついにわたしたちは手に入れたのだもの。

わたしたちはほんとうに幸福だったが、しかし、その幸福はたったの2日しかつづかなかった。3日めにかぎを取りにいったとき、玄関番からわたしたちの品物をかたづけるようにといいわたされたのだ。ああ！　なんていうことだろう。あんなにもたいへんな意気ごみで、3人がせっかく苦労してきれいにしたへやなのに、それが……それがまた……ここで取りあげられてしまうなんて。あんまりだ。いやだ。返しなんかするものか！

しかし、そうはいうものの、けっきょくは、歯をくいしばって壁の絵をすっかりはがし、ひきだしの本をとり出して、わたしたちはまたまたもとの廊下の窓ぎわに、男の子たちにあざ笑われながらも、もどってゆかなければならなかったのだ。けれど、笑われても平気だった。もとどおり昔の窓ぎわの生活をつづけながらも、わたしたちの胸のうちには、それだけに、前にもましてもっとよいものを、なにかすばらしいものを作りあげたいという願いが、ますますはげしく燃えさかっていったのだった。そして、その日のくるまでじっと歯をくいしばって、わたしたちはすべてに耐えていったのだった。

＊　＊　＊

（訳者）

この思い出は１９４２年11月18日にアニンで書かれている。日記の記述にさきだつ時期——ワルシャワのタムカ時代を回想している12歳のときの文章だ。この文には、日記には現われていないヴァンダの生活と、彼女の性格の積極的で組織力のある一面が語られているので、参考までにここにかかげることにした。なお、この思い出のうちでもとくに注意をひくのは「戦争中のことだった」というその書き出しで、戦争をもう過ぎさった昔のことのようにしるしているのが、平和の到来をねがう少女の心情をあらわしていて、あわれだ。

訳者による注

■前づけ

(1) カジミェシュ・テトマイエル(1865-1940)。19世紀末から20世紀初頭にかけての「青年ポーランド」、つまり、ネオ・ロマン主義芸術運動を代表した詩人。

■1942年　アニンで

(2) 現在はワルシャワ市に併合されているが、戦前までは郊外の避暑用の別荘地だった。この大戦までの一時期、著名な詩人トゥヴィムと、ガウチンスキがここに住んで作品を残し、文学にもまたゆかりの多い土地。ヴィスワ川の東岸にある。

(3) ヴィスワ川西岸にそった町ポヴィシレにある通り。タムカ時代のことは巻末のつけたり「思い出」を参照のこと。ダンカはヴァンダ(ダダ)より少し年上の子で、彼女の姉ヤドゥヴィガ(ボプジャ)の友人。

(4) カジミェシュ・ヴェジンスキ(1894年生)(編集部注　1969年没)。二つの大戦の谷間の時期に、ポーランド文学史のうえに大きな足跡を残した詩の結社「スカマンデル」を代表する詩人のひとり。1939年、戦争の勃発(ぼっぱつ)とともに亡命、戦後もそのまま国外にとどまっている。第一次大戦中(ポーランド独立以前)は、オーストリアの軍役に服し、ロシア軍の捕虜となった。「オーストリアでとらわれの身となっていたとき……」という少女の日記の記述は誤り。

(5) 戦前のワルシャワでいちばん高かった16階だてのビルで、保険会社があった。ワルシャワ蜂起のときに焼かれたが、現在は再建され、ワルシャワ・ホテルとなっている。

(6) アニンから、南のオトフォツク市にのびる鉄道の沿線には、貧しいユダヤ人がたくさん住んでいたが、ちょうどこのころ、ナチスの手によるユダヤ人根絶活動がこの地区でおこなわれた。ユダヤ人住民の大部分は、強制的にワルシャワ・ゲットーか、または、ワルシャワ県内の死の収容所トレブリンカに送られたが、途中で、虐殺された者も多かった。「敷(し)き藁(わら)の袋」というのは、貧しいユダヤ人家族の使っていた藁ぶとんのこと。

(7)「秋」「哀愁」という二つの詩は、現在、十数編のこっている少女の詩作品のうちには見あたらない。

(8) もちろんこれは演習などではなく、ユダヤ人住民の強制立ちのきと輸送のあいだにおこなわれたナチスの残虐行為を意味する。12歳になってまもない日記の筆者には、この意味がまだよくわからない。

(9) ガリツィア出身のロマン派愛国詩人コルネル・ウエイスキ（1823－97）の詩『祈りの歌（ホラウ）』の第一節のはじめ。1846年2月、ガリツィアに独立と農民解放をめざすポーランド革命派の貴族の反乱がおこり、クラクフとその周辺を占領、国民政府をたてたが、オーストリア政府の逆宣伝により農民の反感をかい、説得宣伝工作もむなしく、ポーランド農民兵をふくめたオーストリア軍の攻撃に敗れ、3月のはじめ、ひと月たらずで指導者たちは国外亡命のやむなきにいたった。この同胞あいはむ結果となった不成功の「クラクフ革命」の悲劇を見て、その衝撃のうちから生まれたのがこの詩。作曲もされ、分割下のポーランドに広く知られた。今次大戦中ドイツ占領下にあったポーランド人にとっても、これは切実なしらべだった。

(10) いうまでもなく、この項は、たまたま目にしたアニン線沿線のユダヤ人虐殺のようすをしるしたもの。戦争の現実、占領の現実は、12歳の少女にもいやおうなくさらけだされてゆき、その意識を変えさせてゆく。

(11) ソ連空軍の爆撃。ナチス占領下のワルシャワ爆撃はもっぱらソ連軍によっておこなわれた。

(12) 1939年9月1日、圧倒的に優勢な兵力でポーランドに不意に攻め入ったナチス・ドイツ軍は、またたくまに、ポーランド軍の抵抗をおしきり、10月はじめまでに完全に軍事活動を終えた。首都ワルシャワは、当初から爆撃の対象となっていたが、月なかばには包囲され、猛烈な砲爆撃をあびて、多大の被害を出した。市民をふくめた首都防衛軍は頑強に悲劇的な抵抗をつづけたものの、弾薬食糧の欠乏の結果、28日には、降伏のやむなきにいたった。この攻防戦ののちしばらくは、ワルシャワは、水もガスも電気もなく、火の消えたような廃墟の町となった。

(13) ソ連と協定をむすびポーランドの西部を分割占領したのち、ナチス・ドイツは、10月には、その占領地の約半分（ポモージェ、ポズナニ、上シロンスク県の全体と、ウーチ、クラクフ、ワルシャワ、ビャウィストク県の一部）をドイツ領に編入、残りの地方を総督府と名づけ、暴虐な占領政策を開始した。総督にはハンス・フランクが任命され、クラクフにあるポーランド旧王朝ゆかりのヴァヴェル城に本拠が置かれた。

(14) AK、ALのパルチザンたちの反ナチス破壊活動が、このとき、ワルシャワ周辺でいっせいにおこなわれた。こうした破壊活動のあるたびに、ナチスは身がわりの人質をとり、見せしめの処刑にするのがならわしだった。

(15) 占領下のワルシャワ市民の最大の不安の一つは、ドイツ軍ゲシュタポの手で常時おこなわれたいわゆる「狩りこみ」だった。これは地下抵抗軍のテロ活動にたいする報復手段の一つで、占領軍側に犠牲の出るたびに、任意の時と場所をえらぶと、たまたまそこに居合わせた市民を人質として無差別に逮捕したものをさす。犠牲者の大部分が、あるいは街頭で、あるいは、ワルシャワ市北方郊外のカンピノス森林中で大量虐殺され、一部は強制収容所に送られた。家族の者の帰りが遅れると、連想はすぐこのいまわしい「狩りこみ」と結びついたわけだ。

(16) ワルシャワ市郊外の小村で、戦前から現在にかけて、視覚障がい者のための施設がある。

■１９４３年　ワルシャワで

(17) ヘレーナ・ボグシェフスカ（１８８６年生）（編集部注　１９７８年没）。戦前、貧民階級の生活苦、失業等々の社会問題を検討究明しようという散文作家のグループ「郊外」を作った女流作家で、多くの写実主義的な小説を書いた。『光のない世界』は、ラスキの盲人院に住む盲目の子どもたちの生活を扱ったこの作家の子どもむけの小説で、学校の指定課外読み物だった。

(18) ワルシャワの東南の隣県ルブリンのザモシチ、ビウゴライ、トマシュフ、フルベシュフの4郡は、総督府に属してはいたものの、ほかのドイツ領に編入された諸地方同様、ナチスの手による植民地化の直接の対象とされ、ポーランド農民とドイツ植民者との強制的な交替が計画された。全村あげての集団逃亡や、パルチザン活動などの結果、植民の目的はまったくの失敗に終わったが、それでも、１９４１年から43年のあいだに、11万人のポーランド農民が強制立ちのきの執行を受け、一部は総督府の他地方に、大部分はドイツ内の労働キャンプ、または、オシフィエンチム（アウシュヴィッツ）に送られ、多くの死者を出している。そのさい、子どもは両親からひき離され、子どもだけで別に輸送された。選考の結果、ゲルマン化の目的でドイツに送られ、一般家庭に里子にやられたり、養育院に収容されたりした者たちもいたが、オシフィエンチムに老人や病人たちとともに送られ虐殺された者も少なくなかった。苛酷な条件のため輸送のあいだに死んだ者だけでもかなりな数に達している。この「ルブリン県の子どもたち」の一部がワルシャワを通過したときには、世論がわき、広範な救援活動が組織的にも個人的にもおこなわれた。

(19) 注(15)を参照。

(20) 占領下のポーランドでは、いっさいの政治的、社会的、文化的活動が住民には禁じられていた。学校も、簡単な読み書き算数を教える4年制の小学校以外は完全に閉鎖させられたため、地下に中学から大学にいたる各種の学校が、小規模ながらもほぼ戦前の形どおりに組織され、戦争期間中、維持されつづけた。ちなみに、ドイツ領に併合された地方では、ポーランドの学校は全廃され、ポーランド人は、小学校をのぞいては、ドイツの学校に通学する権利さえ奪われていた。

(21) タムカ通りの移住者用のアパートから、パンスカ通り6番地の独立アパートに移ったことをさす。この番地は、いまは、戦後たてられた文化科学宮殿の敷地のうちにはいってしまい、消えてしまった。日記の筆者が住んでいた家のあったのは、現在、宮殿北側にある噴水のあたりだったという。

(22) ワルシャワ市の南を走る美しいウヤズドフスケ並木通りの中ほどにある小公園。

(23) ウヤズドフスキ公園の先にあるワルシャワ一の大公園。もとは、ポーランド最後の王スタニスワフ・アウグスト・ポニャトフスキの命によって18世紀に造られた夏の離宮と庭園だったもの。

(24) 現在のスカリシェフスキ公園。川むこうのプラガにある。

(25) （　）のなかのいくさということばは、少女ヴァンダのつけ加えたもの。戦争の現実とひきくらべて、切実な思いでこの詩を引用した少女の気もちが、この書きこみによって、なおさら、いたましいほどに思いやられる。

注 (26) ロマン・コウォニエツキ（1906生）（編集部 1978没）。20年代の末にデビューして、戦後まで活動をつづけた詩人。フランス文学、とくにヴァレリーとクローデルの翻訳者としても知られている。

(27) アダム・ミツキエヴィチ（1798－1855）。ポーランド・ロマン派の国民詩人。この『青春賛歌』（1820）は、初期の叙情詩の代表作で、自由と進歩にたいする青春の希求をうたったもの。分割時代の革命的青年の愛唱おくあたわざる作品だった。

(28) ナチス占領軍は、1940年の末、ワルシャワ市中、ヴィスワ西岸の北東部、戦前のユダヤ貧民街だった部分に、広大なユダヤ人強制居住区ゲットーを作り、有刺鉄線つきの石べいで囲んで、外部との連絡を遮断禁止した。41年には約60万のユダヤ人が収容され、各アパートに15人から20人ずつが押しこまれるという惨状を呈したばかりか、意識的な飢餓政策の結果、42年のなかばまでに、すでに約10万の住民が餓死、病死した。その後、ゲットー清算活動が積極的におしすすめられだし、三十数万の住民が死の収容所トレブリンカに送られて、殺されることになっていたが、43年のはじめには、最後的な清算活動が始められた。ユダヤ人武装組織の略）の抵抗にあい、凄惨（せいさん）な武力鎮圧へと当初の計画をかえざるをえなかった。当時まだ6万ほどのユダヤ人がゲットーにはいたが、大多数が体力のある青壮年だったため、よく戦い、反乱は4月19日から5月16日まで約1か月のあいだつづき、ドイツ側もかなりの損害をだした。ナチスの鎮圧方法は、火炎放射器により建物ごとなま身の人間を焼き殺すなど、苛酷をきわめた。反乱のあと生き残った婦女子老人負傷者も、あるいはその場で、あるいはトレブリンカで虐殺され、この修羅場からのがれえた者はまれな例外でしかなかった。反乱鎮圧後、ゲットーは徹底的に破壊されてしまった。反乱中は、ポーランド側からも地下抵抗組織の援助協力があったという事実の反面、一般市民は、反ユダヤ感情も手伝い、比較的無関心な傍観者的立場をとっていたようだ。それは、この大事件に関する記述が、この日記のうちにあっても、わりに少なく、復活祭など日常生活の記録が重い比重をしめていることによっても、推断できるのではないかと思う（おとなの世界の反映として）。しかし、このゲットー蜂起の悲劇は、翌年、8月蜂起の戦火に追われ、ちまたを逃げまどうときになって、日記の筆者、少女ヴァンダの記憶のうちに、今度は切実な実感のこもった思い出として、よみがえる。弱い平凡な人間の悲しさ――一般ポーランド人にとっても、これはいつわらぬ正直な気もちだったろう。

(29) 引用はポーランドのノーベル賞作家レイモント（1867－1925）の『農民』（1904－09）から。

(30) カトリックでは、この月を「マリアの月」といっている。

(31) 第一次ポーランド分割後の1791年、第二次分割の危機を目前にひかえて、5月3日に、国会で愛国派の議員の提唱により憲法が決められた。このいわゆる5月3日憲法は、危殆にひんした祖国を救う政体改造法案で、その意味できわめて進歩的、急進的なものだったが、翌年、ロシアと結託した保守派の大貴族のクーデターで泥足にふみにじられてしまった。第一次大戦後、この憲法を記念するため、5月3日は独立ポーランドの祝日となったが、人民政府の出現により、この祝日は廃止された（編集部注　1990年より再び祝日となった）。

(32) ヤン3世ソビエスキ（1629－96）。74年から王位にあったポーランド王。83年に、ヨーロッパの同盟軍とウィーン郊外でトルコ軍を破り、武名をあげた。この王の死後、ポーランドは急速に衰運に傾く。ワルシャワ郊外ヴィラヌフに彼のたてた壮麗な宮殿が残っている。なお、日記の筆者は、このソビエスキ王と、ポーランド最後の王スタニスワフ・アウグスト・ポニャトフスキとをまちがってしるしていた。

(33) 占領下、芝居や映画を見にゆくということは、はばかられることだった。抵抗運動の一つに、芝居、映画ボイコットの宣伝啓蒙活動や、はては、映画館に催涙ガスをまくなどという荒療治までがおこなわれていた。こういう弁解がましい書き方がしてあるのは、そのためだ。それに、お客といっても、実際には、例のダンカが遊びに来たというだけのことだったらしいのだから。

(34) 前年の日記にもしるされているように、ソ連空軍のはげしい爆撃がつづいたことをさしている。この年も爆撃がつづき、この13日のは、なかでも、とくに大規模なもので、一般ポーランド市民のうちにも多くの犠牲をだした。

(35) ポーランドでは誕生日のかわりに、ふつう、名の日、命名日が祝われる。自分の名と同じ保護聖人の祝日がこよみに決められてしるされてあるのだ。

■1944年　ワルシャワで

(36) 少女ヴァンダの一家がその当時住んでいたピョトルクフの町は、ワルシャワの西180キロのところにあって、ドイツ領編入地域にはいっていた。この地域内のポーランド人は、たてまえとして、総督府に強制的な移住を命じられた。

(37) 1943年10月から44年の2月にかけて、占領当局は、テロにたいする報復として、見せしめのため、街頭の公衆の面前で銃殺刑をおこなうという方法を案出実行した。その期間、ほとんど毎日のように、犠牲者の名が街頭に告示され、数人、十数人、数十人ずつ町かどで処刑された。しかも、犠牲者の大部分は偶然に捕えられた罪もない人々だった。この期間、こうして消された者は1526人にものぼる。しかも、かれらは声を出せぬよう処刑前に口に石膏（せっこう）をつめられていた。しかし、この方法がかえって逆効果を生むだけなのにやがて気づき、ナチスはまた以前どおり処刑は秘密裏におこなうようになる。

(38) 西ドイツの小都市で、1933年から44年までナチスの強制収容所があった。

(39) ドイツ名アウシュヴィッツ。クラクフ近郊の小都市。第二次大戦中ナチスの強制収容所があった。三つの大収容所と、30の小労働キャンプを含み、この種のものでは規模は最大。ガス室、死体焼却所などの施設を備えた完ぺきな殺人工場で、5年近くのあいだに、ユダヤ人をはじめ、ヨーロッパ各国の囚人犠牲者数百万人もの人々を虐殺した。現在、博物館。

(40) 1835年から1944年まであったワルシャワの監獄。第二次大戦中はナチス占領当局のテロの主要舞台の一つだった。

(41) この文面だけでは、はっきりわからないが、ナチスの追及の手をのがれて隠れているユダヤ人を、ポーランド人が強迫したというような話でも、おそらく耳にしたのではなかろうか。

(42) 東部戦線から送還されるドイツの負傷兵。そのとり扱いや環境のひどさに憤慨しているのだと思う。

(43) ソ連軍のこと。

(44) ヴィルノ(ヴィリニュス)。リトアニアの首都。1919年以後はポーランド領。39年、ソ連軍の侵攻の結果、ふたたびリトアニアに帰属。

(45)「党員」といっても、とくに共産党員をさすわけではない。地下組織の秘密結社員のことを、19世紀の1月蜂起以来、伝統的にこうよぶことがよくあった。この事件は、おそらく組織的に計画されたものではなかったろう。なにかしら偶然なきっかけから起こった撃ち合いだったと思う。この種のできごとは、そのころ非常に多かった。

(46) ワルシャワの南、二十数キロのところにある都庁所在地。療養地。

(47) ウクライナの右翼テロ団体OUN(ウクライナ民族主義者組織)系統のウクライナ人たちで、第二次大戦中はナチスと積極的に協力、残虐行為のかぎりをつくした。敗退するドイツ軍とともに、ソ連軍の攻勢をさけて避難しているわけだ。

(48) ロンドン亡命政府系の国内抵抗地下部隊AK(アーミア・クラヨーヴァ／国内軍。「ア・カー」と発音)は、パルチザン活動を最後に集約的な反乱に組織し、自派に有利に戦争を終結しようという企てを当初からもっていたが、44年7月、ワルシャワ近郊にまで迫った東部戦線の急速な接近、ソ連軍による首都爆撃の強化、それにともなうドイツ軍内のパニックなどの情勢を利用して、亡命政府の了解のもとに、ワルシャワに蜂起を起こす計画にかかった。ただし、7月末には、ドイツ軍がワルシャワのヴィスワ東岸プラガ地区に新しい機械化部隊を配置し、ワルシャワ防戦の積極的な構えをみせていたし、一方、ソ連軍はというと、ワルシャワ攻略の決戦態勢はまだとっていなかったうえ、蜂起軍側の軍備がまたはなはだ貧弱だったので、これはかなり冒険的な試みだったわけで、じじつ、ロンドン側からもソ連側からも、期待していた援助らしい援助はほとんどうけられず、2か月、悲劇的な闘争をつづけたのち、弓折れ矢つきて敗れ去る。現在の公式な見解では、甚大な犠牲をだしたこの悲劇の原因は、赤色政権にたいして政治的なイニシアチブをとろうとしたAK指導部のはねあがりにあり、また、ソ連軍についていえば、それまでの攻撃に力をつかいはたし、当時は、ちょうど兵站(へいたん)

補給の時期にあり、この蜂起を直接に援助する余裕などまったくなかったという説明がなされている。もちろん、これは事実としてうけとれる。しかし、一般ポーランド人の国民的な感情は、ワルシャワ蜂起のこうしたかたづけかたには満足できず、ソ連が手をこまねいて蜂起軍を見殺しにしたという見解が広くおこなわれ、これがこの国の大衆の反ソ感情の一つの原因にもなっている。だが、こうした見方を的はずれな感情的な非難と一概に断言もできないので、どうもあと味が悪い。じじつ、このワルシャワ蜂起にかんする研究は、これまで相当くわしく進められているが、ソ連側からの資料はあまり発表されておらず、それが大きな穴になっているわけで、スターリン時代のソ連の外交政策の進め方を考えれば、AK指導部の政治的腹づもりに対抗して、この蜂起を自然の成りゆきにまかせて壊滅させるという戦略が、ソ連の側で取られたのではないかと考えるのも、あながち根も葉もない勘ぐりとばかりはいいきれないからだ。しかし、両体制間の政治的な読みの問題を別にすれば、この事件は、5年間の残虐なナチスの占領を体験したポーランド人の愛国的激情の爆発と考えて、まちがいない。この戦いに参加したポーランド側の兵力は5万ほどだが、その大部分は市民の義勇兵で、女性や子供もそのなかには含まれていた。分割時代からワルシャワは反乱騒擾（そうじょう）の歴史には乏しくないが、このときの蜂起ほど、一般市民の全面的な協力のもとに戦われたものはなかったといえよう。さて、蜂起準備態勢にはいれという命令が、ワルシャワ各地区部隊司令部に伝達されたのは、7月25日のことだった。こえて27日には、ドイツ軍側から、ソ連軍攻撃に備えてヴィスワ沿岸の塹壕掘りに、17歳から65歳までの男女の市民を動員する命令が布告されている。AK首都司令部は、これについでドイツ側が地下抵抗組織を解体するためワルシャワ市民の強制立ちのきを命じるものと観測、警報を発し、31日には、ついに、翌1日午後5時に蜂起に突入することを決定、その命令をくだした。つまり、7月28日には、AKの各地区では蜂起突入の態勢にはいっていたわけだし、また、一般市民のあいだにもそれより早く動員がかけられていたので、「戦いの時が迫っている」ことは、ワルシャワのポーランド人には広く知れわたっていた。ドイツ側のメガホンによる再三のよびかけにもかかわらず、塹壕掘りに動員された者の数は非常に少なく、蜂起前の士気は高揚していた。

(49) これによると、4時に蜂起の火ぶたが切られるはずになっているが、実際の命令では5時だった。ただし、動員集結の途中、保安警察の不審尋問などの偶発事故で、予期に反し4時前後に撃ち合いの始まったところも数か所あった。5時には、市内各所でドイツ占領軍の拠点にたいしていっせいに攻撃が始まっているが、この最初の戦闘に参加したのは、5万の兵力のうち約2万、そのうち75パーセントが武器らしい武器を持っていないというありさま、それで、ほぼ同数のドイツ軍に立ち向かったのだ。蜂起軍側の準備が不足だったことは確かだが、ドイツ軍はドイツ軍で不意をつかれている。ドイツ保安警察は事前に早くも市中の不穏な動きをかぎつけてはいたが、蜂起ということまでは確かめられなかった。1日5時に蜂起が始まるという確実な情報をつかんだのは、ようやく当日の4時になってからだったので、あわてていちおうの応戦態勢が整えられただけだった。

(50) これは蜂起当時めずらしくなかった希望的な流言の一つ。ソ連軍がワルシャワのヴィスワ東岸地区プラガにはいってくるのは、まだ1か月以上先の9月11日、完全にヴィスワ東岸を制圧するのは、9月13日~15日のことだ。

(51) 日記の少女の住んでいたシルドミエシチェ地区(中心街区)で、最初に戦闘が始まったのは、マルシャウコフスカ通りのすぐ近くのナポレオン広場と、ドンブロフスキ広場で、予定より早い4時過ぎのことだった。

(52) これも流言。ゾンプコフスカ通りはプラガ地区にある。また、蜂起軍は、多大な損害を出したにもかかわらず、橋を奪取したことは一度もなく、当時もむろん橋はドイツ軍の手にあった。9月13日、ソ連軍のプラガ進駐のあとで、撤退するドイツ軍の手で橋は爆破されてしまう。

(53) 16階だての戦前のワルシャワで一番の高層ビルのあった広場。現在は蜂起参加者広場という。このビルは戦後再建されて、ワルシャワ・ホテルとなっている。

(54) AL(アー・エル。人民軍)のこと。ポーランド労働者党を中心とする左翼政治組織に属した地下抵抗軍で、1944年に結成され、主としてソ連軍の進撃に呼応して活発なパルチザン活動をおこなった。AKとは対立関係にあったが、この蜂起には、ワルシャワにいた

2000人ほどのAL員が参加して、戦っている。
(55) 43年、ソ連亡命のポーランド人の手で創設されたコシチュシュコ軍団のこと。ソ連軍とともにポーランド解放戦、ドイツ攻略戦に従事した。人民軍と合流して、戦後のポーランド国軍の基礎となる。
(56) 1枚はなくなってしまっている。「通報」はAKの速報版の新聞。蜂起のあいだ、このほかにも、多種多様の新聞が発刊されている。
(57) アントーニ・フルシチェル大佐の匿名。ワルシャワ市、および県内の蜂起中の軍事活動を指揮した。
(58) 現在の勝利広場。占領中はヒトラー広場。もともとはサス広場といった。ピウスツキは戦前ポーランドの独裁者的元首で、戦争直前に死んだ。
(59) アー・カー(国内軍)。ロンドン亡命政府に属する国内抵抗地下部隊で、占領下最大の抵抗組織だった。左翼のAL(人民軍)と対抗的な関係にあった。
(60) この「通報」も残っていない。
(61) 発電所は蜂起の最初の日、はげしい戦闘の末、ポーランド軍の手に落ち、それ以来ずっと送電をつづけていたが、日記の少女の死んだ日、9月4日に爆撃をうけて活動をやめた。この日の停電というのは、一時的なものか、さもなければ、部分的なものだろう。
(62) 蜂起中、一般に「ウクライナ人」とよばれていたのは、B・カミンスキ親衛隊旅団に属する兵士だった。この旅団は、ソ連の捕虜のうち節を変じた者から編制されていて、残虐非道さをもって知られていた。犯罪者を編制したディルレヴァンゲル親衛隊旅団の兵士とともに、彼らはワルシャワ市民の恐怖の的だった。
(63) ヴォラはワルシャワ市の西北の区で、ウーチ街道にぬける交通の要衝。抵抗軍は、戦闘開始後数十時間のうちに、すでに、このヴォラ地区、市の西南のオホタ地区、川むこうのプラガ地区、郊外諸地域の制圧に完全に失敗、都心部でかなりの成功をおさめたものの、全体的には不利な立場に立たされていた。8月3日、4日には、さきのカミンスキ旅団、ディルレヴァンゲル旅団などが、蜂起鎮圧のため、急遽(きゅうきょ)輸送されてワルシャワに到着している。ヒトラーは、蜂起の報告を聞くと、怒りたけって、「ワルシャワをつぶし、平らにならせ」と命じたというが、都市の徹底的な破壊と、大規模な大量殺戮(さつりく)は、ワルシャワのうち、まずこのヴォラで、8月の初旬、大々的におこなわれた。家々に組織的に放火、非戦闘員である一般市民を集め、老幼婦女子、病人の別なく射殺し、死体は野天で焼却処理している。生きたバリケードに使われ追いたてられた者も多かった。ヴォラだけでも、虐殺された市民の犠牲者は数万に達しよう。

(64) 注(9)を参照。なおこの詩につけられたメロディーは、この蜂起中、イギリスからの空中補給のないときに、ロンドンからの短波放送で流された。

(65) ドイツ軍の中型戦車。87ミリ口径の火砲をもつ。

(66) スパイの侵入をふせぐために、門に見張りをおいたもの。

(67) 占領中は、ラジオを持つことは死をもって禁じられていた。

(68) 日記の少女の友人クリスティナは、実際にこのときの虐殺の犠牲になっていたらしい。戦後、その近所の地下室で発見された死体のうちに、それらしいなきがらがあったという。ヴァヴェルスカ通りはオホタにある。

(69) 蜂起中、イギリス、アメリカ、ソ連の航空隊による武器、食糧の空中補給が前後数十回にわたりつづけられ、装備がもともと貧弱だったうえ、しかも、四方から包囲されていたポーランド抵抗軍は、これにより、六十余日も頑強に果敢な抵抗をつづけることができた。

(70) これも絶望的な状況のなかからうまれた希望的な流言の一つ。このときにはまだワルシャワ周辺の戦線にそれほど急激な動きは見られない。

(71) ポーランド19世紀レアリズムを代表する女性の作家のひとりエリザ・オジェシュコヴァ(1841―1910)の代表的長編小説(1887)。祖国の土とむすびついた勤勉誠実な労働のうちに、ポーランドとポーランド人の救いと希望を見いだしている作品で、自然描写の美しさは定評がある。ここに抜かれた引用文は訳者によって多少省略されている。

(72) 39年に作られた作者、作曲者とも不明の軍歌。AKの兵士たちに好んでうたわれ、ワルシャワ蜂起中に非常に流行した。歌詞は次のとおり。

きずな断ち、いくさに――
恋にとらわれた、
あわれ、ハートの

おおしくも飛びたつ。
（リフレーン）

いとしい娘よ、
きみもまた夜ごと、
涙にひたって
くどき嘆くのか。
さかれた恋に
胸さえはりさけ、
ただきみのため
うたうこの歌。

はいのうに兵士は
そっと――うずくハートを
おさめて、先へと
道をまた進む。
（リフレーン）

とびくるたまにも
恐れずほほえむ。
おれにはハートが
まだ一つあるぞと。
（リフレーン）

(73) 19世紀ポーランドの民衆的な女性の詩人、マリア・コノプニツカ（１８４２－１９１０）の有名な愛国詩『誓いのことば（ロータ）』の冒頭の一句。ドイツ人にたいする憎しみと抗議の、これほど激しく直接にうたわれている詩はめずらしい。

(74) 日記の少女の住んでいたパンスカ通りから目と鼻の先のジェルナに電話局（パスタ）の建物があり、ドイツ軍の孤立した戦闘拠点となっていたのが、20日の早朝から午後にかけての攻撃で陥落した。捕虜としたドイツ兵百数十人、相当量の武器の捕獲があり、大戦果だった。当時の戦況について一言すると、10日ごろまでにヴォラ、オホタ地区は完全にドイツ軍の手に落ち、ヴァンダの家のあったシルドミエシチェ（中央街区）は、直接に敵の攻撃にさらされるようになっていたが、ドイツ軍が主力をかたむけて攻撃し、血みどろの激戦がくりひろげられていたのは、シルドミエシチェの北に隣接するスタレ・

ミアスト（古い町）の地域だった。

(75) ドイツ軍がポーランドに侵入した39年の夏から秋にかけては、例年にないほどのすばらしいひよりつづきだった。

(76) 注(59)の解説参照。

(77) 古い町の入り口の王宮前広場から南にのびている通り、クラコフスキエ・プシュドミエシチェのはずれにある教会で、17世紀のもの。ショパン、レイモントの心臓が安置されているので有名。ここも蜂起中はドイツ軍がたてこもって頑強に抵抗していたのを、23日、激戦の末、ほか数か所のその近所の敵の拠点とともに、ポーランド側が占領した。ドイツ軍は、孤立していた同軍拠点を蜂起者側に奪われると、シルドミエシチェに猛烈な集中砲火をあびせはじめ、聖十字架教会も、その結果、占領直後に炎上した。現在のものは戦後の再建で、様式は昔のままに復元されている。

(78)(79)(80) 「25日　木曜」は金曜の誤り。このあとの「28日　火曜」は月曜の、「29日　土曜」は、もちろん、火曜のつけまちがい。状況が逼迫（ひっぱく）し、日付をたしかめているゆとりさえなかったのだろうか。

(81) 前後の関係からみて、この部分は30日の記述ではないかという、少女の母親の意見だった。日付がここではまったくつけ落とされてしまったのかもしれない。ここで、ついでに、ワルシャワ蜂起のその後の経過をざっと述べておく。少女ヴァンダの一家が廃墟と化したパンスカ通りの家をあとにポヴィシレ地区に難をさけたあと、9月2日には、スタレ・ミアストの守りが落ち、ドイツ軍はふたたびヴィスワ対岸との連絡を確保、そのまま、川ぞいのポヴィシレの攻略に移り、7日までにその大半を制圧（日記の筆者の死はこの間のことだ）、月なかばには、市の南のヴィスワ沿岸地区チェルニャクフで死闘がつづけられる。このときには、すでにプラガを占領したソ連軍とともに対岸まで進駐してきていたポーランド第一軍団の一部が渡河、抵抗軍を援助しようとするが、橋が爆破されていたことと、ドイツ軍の応戦が強力だったために、この企てでは成功せず、敗退のやむなきにいたる。月末までには、市の南のモコトゥフ、北のジョリボシュの抵抗拠点もついえ、最後にシルドミエシチェの一部に残った部隊が必死の戦いをつづけるが、衆寡敵せず、10月2日、63日めに降伏した。この蜂起で、ポーランド側は、死者約1万5000、負傷者約2万、捕虜として収容所に送られた者約1万5000、一般市民のあいだの犠牲はその数をはるかに上回り、全市の約85パーセントが徹底的に破壊され、ワルシャワは一大廃墟と化した。しかし、ドイツ軍のうけた損害も大きく、死者約1万7000、負傷者9000以上を出したといわれる。しかも、抵抗軍の手に落ちたドイツ軍捕虜2000の一部は、自分の味方の砲爆撃の犠牲となり、滅びゆく町とその運命をともにした。ワルシャワが解放されたのは、翌45年の1月17日だったが、その破壊の程度があまりにも大きすぎたので、一時は首都をウーチに移すという声もあったほどだった。

■つけたり

(82) オホタの中心ナルトヴィチ広場にある大きな大学寮は、ドイツ憲兵隊の本部となっていた。抵抗軍はここの攻撃に失敗、大出血を負い、戦いの最初にオホタ地区の制圧に失敗した。

(83) バス、トロリー、郊外電車とならんで、市電は現在でも重要な交通機関。

(84) 現在、汽車、電車専用の二つの鉄橋をのぞいて、ポニャトフスキ、シロンスク・ドンブロフスキ、グダンスクの三つの橋があり、将来は、まだ二つの橋が建設される予定だという。

(85) 1596年ワルシャワに都が移されてから、1794年の分割による亡国まで、2世紀間のポーランド王の居城。議会もここにあって、あの5月3日憲法もここで決められた。1921~39年には大統領公邸。1939年9月のワルシャワ包囲戦の爆撃で破壊炎上。占領中ドイツ軍の手によりその財宝は略奪された。44年の蜂起のあと、残っていた部分も爆破された。戦後、市の旧跡再建計画が積極的に進められたが、王宮の完全復元には膨大な費用がかかるため、その復旧は結局みあわせられることとなり、現在、廃墟のあとは公園となっている。

(86) クラクフからワルシャワに都を移したジグムント3世ヴァーザ王の銅像で、古い町の入り口、王宮前広場の石の円柱のうえに高々とそびえ立っている。1644年、むすこのヴワディスワフ4世の発願で、イタリア人の宮廷建築家の設計によりたてられた。ワルシャワ蜂起のときドイツ軍の戦車によって倒されたが、49年に再建された。ワルシャワの町でもっとも古い記念碑。

(87) 14世紀のはじめに、ヴィスワ川の西岸にたてられたワルシャワの町のもっとも古い部分。1世紀のあいだに、この古い町（スタレ・ミアスト）が発展し、15世紀のはじめ、その西側の城壁の外に新しい町（ノヴェ・ミアスト）とよばれる独立した町ができる。この新しい町をふくめた古い町ぜんたいが、44年のワルシャワ蜂起のとき、完全にこわされ、いちめんの煉瓦の山と化したが、この歴史的な区域は、戦後53年から56年にかけて、スチームなどの内部の装置を近代化しただけで、外観はまったく昔のままに再建された。王宮が完全にたて直され、古い町は一部だけ復興し、あとは公園になっているという、この作文のうちの少女の想像とは、ちょうど反対になっているわけだ。

(88) いまは文化科学宮殿のそびえているマルシャウコフスカのならびには、そういう劇場はない。スターリンの贈り物である巨大な文化科学宮殿のなかには、ただし、人形劇場をふくめて三つの劇場があるので、しいていえばこれにあたろうか。ポーランド一の大劇場（テアトル・ヴィエルキ）は、19世紀以来の伝統をもつオペラ・バレエ劇場で、現在、復興再建工事がほぼ終わり、ことし65年秋にこけらおとしの初公演が予定されている。マルシャウコフスカからすぐの勝利広場、戦前のピウスツキ広場にある。

(89) 社会主義国とはいえ、同時に、ヨーロッパ有数のカトリック国という国がらであるだけに、物ごいの姿を見るのは、それほどむずかしいことではない。

(90) 日記の少女のほほえましい空想。

(91) 戦後、地下鉄建設の計画はあったが、結局、流れてしまった。これは、現在もしあればほんとうに便利だろう。

(92) ワルシャワ・ゲットーのあとに、迫害されたユダヤ人にささげる大きな記念碑が立ったほか、64年の夏、大劇場の前の劇場広場に、戦争中解放運動に倒れた英雄たちを記念するニケの女神像が立てられた。そのほか、町のかどかど、それこそいたるところに、ナチスの手で処刑された人々をいまに記憶によび起こさせる記念のしるし板が壁にはめこまれている。

年表

■1939年

4月　ナチス・ドイツ、ダンチヒ（グダンスク）および回廊地帯の返還要求によって、ポーランドを圧迫する。

8月23日　ドイツ・ソ連不可侵条約が成立。

8月31日　ポーランド政府、総動員令を布告。ナチスの秘密工作によって、国境のドイツの町グライヴィッツ（グリヴィーツェ）にある放送局のいわゆる「ポーランド兵による襲撃事件」がでっちあげられ、ポーランド侵略の口実をつくる。この月下旬、ドイツ側の国境挑発事件はほとんど毎日のようにおこっていた。

9月1日　未明、ドイツ軍は空陸よりポーランドへ大挙侵入。圧倒的に優勢な侵略軍をまえにして、装備の貧弱なポーランド軍はよく戦ったものの、9月なかばまでにその主力は壊滅した。第二次世界大戦の発端。

9月3日　イギリス、フランス両国、ドイツに宣戦布告。

9月8日ドイツ軍は首都ワルシャワに達した。緒戦以来の空襲にくわえて、砲撃も開始される。

9月16日　ポーランド政府、ルーマニアに脱出。やがて亡命政府はパリにおかれたが、フランス降伏後、ロンドンにうつって終戦をむかえた。

9月17日　ワルシャワ完全に包囲される。ソ連軍のポーランド侵入開始、2日間で同国の東半分を占領。

9月28日　市民軍もくわえた20日間の悲壮な防衛戦のすえ、ワルシャワ陥落。ポーランドの対独降伏。

9月29日　ドイツ、ソ連の国境協定、いわゆる「リッベントロップ・モロトフ線」により、ポーランドは両国に分割占領される。

10月5日　残存ポーランド軍による最後の抵抗おわる。

10月8日　ナチス・ドイツ、ポーランド西部諸県をドイツ領に併合、残りの地域を総督府として占領管理する法令を布告。総督はハンス・フランク、総督府の首都はポーランドの古都クラクフときまる。

■1940年

1月　この年にポーランド各地にゲットーがつくられ、労働キャンプ、虐殺収容所も組織建設されて、ナチスの占領政策は残虐苛酷の度をましてゆく。

「ポーランド勝利達成奉仕団」をはじめとするそれまでの抵抗組織の諸グループが大同団結し、「武装闘争連合」が結成される。のちのAK（アー・カー）の母胎。

2月7日　国民党、農民党、社会党など種々の分子を含む抵抗組織の評議機関「政治調停委

5月　員会」が成立、43年8月、「国内政治代表者会議」と改称。

6月17日　ポーランドに亡命政府の国内代表部が設けられ、「政治調停委員会」「武装闘争連合」は正式にその下に帰属することになる。亡命政府、フランスで在外ポーランド西部軍を結成する。

9月27日　フランス、ドイツに降伏。

10月　日独伊三国同盟が成立。

ロンドン亡命政府の影響下にある農民党が、独立の地下軍事組織「農民防衛隊」を組織する。42年、「農民大隊」と改称。

■1941年

6月22日　ドイツ、ソ連に宣戦布告。

7月30日　ソ連、ポーランドのロンドン亡命政府を承認。

10月　ドイツ軍、オデッサを占領、モスクワへせまる。

12月8日　日本、太平洋戦争に突入。

■1942年

1月　戦前の共産党、社会党左派を中心に地下で労働者党が結成され、そのもとに、秘密軍事組織として「人民親衛隊」がつくられる。AL（アー・エル）の母胎。

2月14日　「武装闘争連合」がAK（国内軍）に編制がえとなる。

5月　ドイツ軍、東部戦線で攻勢にでる。

8月　連合国とソ連政府との話しあいにより、ソ連に抑留中のアンデルス将軍は、軍事捕虜だったポーランド将兵を再編制、在外ポーランド東部軍を結成、ソ連からイラン経由でエジプトに出、ロンドン亡命政府の指揮下にはいる。44年5月、イタリア戦線、とくにモンテ・カッシーノで奮戦し、ローマ進撃の道を開いたのはこの軍団の一部。

■1943年

1月　労働者党の影響下に青年の地下抵抗組織「青年闘争連盟」が結成される。

2月2日　スターリングラードでドイツ軍壊滅。

2月末　スモレンスク、カチンの森に駐屯中のドイツ軍、ソ連秘密警察の手によるポーランド軍人の大量虐殺の現場を発見。

4月19日　ワルシャワ・ゲットーの反乱はじまり、1か月近い果敢な抵抗ののち、5月16日、鎮圧される。ゲットー地区、廃墟となる。

4月25日　カチンの森の問題がもつれ、反ソ宣伝を理由に、ソ連、ポーランドのロンドン亡命政府に国交断絶を通達。

同月　ポーランド系の女性作家で赤軍大佐のワンダ・ワシレフスカヤ（編集部注　ポーランド語表記ではヴァンダ・ヴァシレフスカ）の指揮のもとに、ソ連で「ポーランド愛国者同盟」が結成される。

5月　「ポーランド愛国者同盟」は、ソ連政府の援助のもとに、ポーランド亡命者からなるコシチュシュコ第一歩兵師団を創設。

7月　連合軍シチリア島に上陸。

8月2日　トレブリンカのユダヤ人虐殺収容所で暴動おこる。

9月　連合軍イタリア本土上陸、イタリアのバドリオ政府降伏。ムッソリーニ北イタリアに新政府を樹立。

10月　コシチュシュコ第一歩兵師団、ベラルーシのレニーノ付近ではじめて戦闘に参加。

■1944年

1月1日　労働者党の提唱のもとに、ポーランド人民共和国の国会の前身、国内人民評議会が地下に結成される。その議決で、人民親衛隊、青年闘争連盟などが合体して、AL（人民軍）が創設される。

1月9日　ロンドン亡命政府側は、国内人民評議会に対抗して、国内政治代表者会議をもとに国民統一評議会を結成。

1月中旬　東部戦線で赤軍、攻勢に転じる。

3月　コシチュシュコ第一歩兵師団は、ポーランド国軍第一軍団に編制がえとなる。

5月　ソ連は国内人民評議会をポーランドの正式な最高権力機関と認める。

6月　連合軍、フランスのノルマンディーに上陸。

7月　国内人民評議会は、ALとソ連で編制されたポーランド国軍との統一を議決。

7月21日　国内人民評議会は、ポーランド国民解放委員会をルブリン県ヘウムに創立。人民政府の前身。

7月22日　仮政府である国民解放委員会は初の政治綱領を発表、ソ連との提携、ナチス・ドイツ撃滅、国内行政組織の改革、農地解放などを宣言。

7月23日　ルブリン解放される。ワルシャワ解放までの仮政府の首都。

8月　ポーランド国軍第二軍団が編制される。

8月1日　ワルシャワでAKを中心とする組織的な反乱の火ぶたがきられる。抵抗軍はワルシャワ中心部の制圧には成功したものの、武器糧食とぼしく大勢はすでに不利。

8月5日　「ワルシャワを瓦礫の原と化せ」というヒトラーの直接命令をうけ、暴動鎮圧の総指揮官に任命されたエーリッヒ・フォン・デム・バッハ将軍、援兵とともに到着。

8月7日　このころまでにヴォラ地区はドイツ軍の手におち、一般市民（病院をふくむ）にたいする大虐殺がおこなわれていた。

8月11日　オホタ地区から抵抗軍撤退。

9月2日　スタレ・ミアスト（古い町）を抵抗軍うしなう。

9月6日　ポヴィシレ地区をドイツ軍、制圧。

9月13日〜15日　ロコソフスキー将軍旗下の赤軍と、ポーランドの第一軍団が、ワルシャワのヴィスワ川東岸のプラガ地区を解放。

9月15日　蜂起に参加したALの支隊、このころチェルニャクフ地区で苦戦。

9月16日〜23日　第一軍団、チェルニャクフ地区で、渡河援助作戦をこころみるが、多大の犠牲を出して失敗。
9月23日　チェルニャクフ地区、ドイツ軍の手におちる。
9月27日　抵抗軍、モコトゥフで敗れる。
9月30日　ジョリボシュ陥落。シルドミエシチェの一部で最後の抵抗つづく。
10月2日　抵抗軍、63日めに刀折れ矢つきてドイツ軍にくだる。ワルシャワは徹底的に破壊され死の町と化した。
12月31日　ポーランド国民解放委員会は、国内人民評議会の議決により、正式にポーランドの臨時政府となる。

■1945年

1月4日　ソ連、ポーランド臨時政府を承認。
1月17日　ポーランド第一軍団、赤軍とともに廃墟と化したワルシャワにはいる。
1月19日　AK解散命令を総司令官オクリツキ将軍布告。古都クラクフ、赤軍の手により無傷で解放される。ポーランド第二の大都市ウーチ解放。
2月1日　臨時政府、ワルシャワにうつり、再建に着手。
2月4日〜11日　ヤルタ会談。連合国、ポーランド東部国境にかんするソ連の要求を認める。また、ロンドン亡命政府の指揮下にある在外ポーランド軍の現地での解散も決定。
4月22日　赤軍、ベルリンに突入。

5月2日　ベルリン陥落。

5月7日　ドイツ無条件降伏。ヨーロッパで戦争終結。

6月28日　同月18日～21日のモスクワでの会議の結果、ロンドン亡命政府の代表を入れた国民統一臨時政府成立。もと亡命政府首席である農民党のミコワイチクが副首相として入閣。しかし、はげしい政治闘争のすえ、右派はしだいに圧迫されて敗退し、47年2月、ミコワイチクは再度亡命のやむなきにいたった。

6月29日　国民統一臨時政府をフランスが承認。

10月　AKの一部の反動分子により「自由独立連盟」がつくられ、47年、完全に掃討されて壊滅するまで、占領中からの地下軍事組織を利用して、ポーランド各地で反共テロ活動がおこなわれた。

訳者によるあとがき

これは、ポーランドの一少女ヴァンダ・プシブィルスカの戦時中の日記を、タイプに筆写した原稿から直接に訳したものだが、その完全な全訳ではない。紙数の関係もあったが、それよりも、内容的な価値の点で疑問があるような個所を、訳者の裁量によって省略させてもらったわけだ。脱落のため前後のつながりがひどく欠けていて意味をなさないところ、似たような記述があまりにもしばしばくりかえされるところ、子どもらしい舌たらずな語り口で話の脈絡の失われてしまっているようなところ、つまり、そういったような個所を、全体としてこの日記の価値をそこねまいという配慮からけずったのだ。責任の所在をあきらかにしておくために、わずらわしいかもしれないが、省略部分をいちおうつぎにしるしておくことにする。

1942年。全体をはぶいた日付——7月19・21・24・28日、8月3・11・12・13・17日、9月3・4日、12月28日。部分的な省略をほどこした日付——7月7・22・24・25*・26・27・30日、8月2*・4・5・6・7・8・9・10・15*・16日、9月1・2・5・6日、12月

11・26日。（＊印はかなりの削除）

１９４３年。全体をはぶいた日付――1月2・5・6・10・12日、2月6日、3月13・16・22・28日、4月5・7・28日、5月8日、6月20日。部分的な省略をほどこした日付――3月21・27・29日、4月1日、5月9日、6月10・23日。

１９４４年。全体をはぶいた日付――7月12日。部分的な省略をほどこした日付――7月6・16・19・26日、8月1日。

なお、本文前の小見出しは読みやすくするための配慮で、もちろん原文にはない。そのほか、ことばの使いまちがい、かなりあった日付のつけまちがい、人名、地名の思い違いなどは、誤りの明白なときには、ことわりなしに訂正して訳した。もちろん疑問個所は、少女自筆の日記帳にもあたってみた。

日本語の訳稿のできたあとになって、というのは、64年の9月、このヴァンダの日記は、ワルシャワ蜂起20周年記念出版の一つとして、ワルシャワのチテリニク社から『わたしの心のかけら』という題で発行された。しかし、テキストは、省略部分の多い日本語版とはかなりの異同がある。なお、日本語版には、日記のほか、その本文と比較的関連が深く、興味深いと思われた作文など3点をつけたした。

この日記は、はじめ、１９６３年に、週刊新聞『ポリティカ』と、海外むけ宣伝雑誌『ポーランド』に抜粋が発表されて、世評をよんだものだが、一本となったのは、イタリア語の翻訳が最初で、ポーランド語版の出版にさきだって刊行された。近くデンマークとイギリスでも翻訳出版されることになっている。

終わりに、この翻訳を訳者にすすめられ、出版までにいろいろお骨折りくださった進藤重行氏、ならびに中山昭吉氏、および、翻訳にあたり種々のご配慮を惜しまれなかった遺族のかたがた、とくに、日記の筆者の母親プシブィルスカさんに、この紙面をかりて、お礼のことばを述べさせていただきたい。

訳　者

本書は1965年に角川書店より刊行された『少女ダダの日記　ポーランド一少女の戦争体験』（ヴァンダ・プシュイブィルスカ著、米川和夫訳）を復刊したものです。

底本には1965年の初版を使用しました。

復刊にあたり、新たに写真を付し、イラストを入れました。また、著作権継承者のご了解を得て、原本の誤記誤植を正し、年表の表記は校閲のうえ修正しています。さらに次のように方針を定めました。
（1）ポーランド語をカタカナで表した箇所（人名や地名）については、昨今のポーランドの語の潮流を踏まえ、一部変更しました。著者名も底本では「プシュイブィルスカ」ですが、「プシブィルスカ」としました。
（2）一部の平仮名表記を漢字に、カタカナ表記を平仮名に改めました。また、年号などの漢数字を算用数字にしました。
（3）「ナチ」を「ナチス」に、「ワルシャワ反乱」を「ワルシャワ蜂起」にするなど、現代社会で一般に用いられている表記にしました。
（4）本文中の〔編集部注〕は今回の復刊で補記をしたものです。
また、本文中には「盲人院」「貧民階級」など、今日の人権擁護の見地に照らして、不適切と思われる語句や表現がありますが、作品当時の時代背景、および著者、翻訳者が故人であることに鑑み、底本のママとしました。

ヴァンダ・プシブィルスカ（Wanda Przybylska）
1930年、ポーランドの首都ワルシャワ近郊の町ソハチェフの一市民の家に生まれたポーランド人。二人姉妹の妹で、愛称はダダ。幼年時代は幸せにすごしたが、39年に始まった戦争とナチスによる占領は、少女ダダの一家にも暗い影を投げかけ、父親が逮捕されたり、ワルシャワに強制移住を命じられたりした。44年9月、ワルシャワ蜂起の渦に巻き込まれ、4日ドイツ軍の砲弾に傷つき、死亡。わずか14歳だった。

（訳）米川和夫（よねかわ・かずお）
1929年、東京生まれ。51年早稲田大学文学部露文科卒業。58年にポーランドに留学し、翌59年ワルシャワ大学の日本語講師となる。その後帰国し、明治大学教授としてロシア語を教えた。トルストイ『新版 人生論』（角川文庫）など翻訳書も多数。82年、逝去。

少女ダダの日記（しょうじょダダのにっき）
ポーランド一少女の戦争体験（いちしょうじょのせんそうたいけん）
ヴァンダ・プシブィルスカ　米川和夫（よねかわかずお）（訳）

2023年 4月 10日　初版発行

発行者　山下直久
発　行　株式会社KADOKAWA
〒102-8177　東京都千代田区富士見2-13-3
電話　0570-002-301（ナビダイヤル）

装丁者　緒方修一（ラーフイン・ワークショップ）
ロゴデザイン　good design company
オビデザイン　Zapp!　白金正之
印刷所　株式会社暁印刷
製本所　本間製本株式会社

角川新書

ISBN978-4-04-082466-6 C0298